淡海乃海

水面が揺れる時

外伝集～老雄～

［著］イスラーフィール

［絵］碧風羽《みどりふう》

TOブックス

目次【もくじ】

あふみのうみ
みなもがゆれるとき

淡海外伝
あふみがいでん

ILLUST. 碧風羽
DESIGN. AFTERGLOW

老雄

～六角定頼～

老雄シリーズの第一話です。
定頼は余り知られていませんが
織田信長が登場する前は朝倉宗滴、
三好長慶と共に天下を動かした人物でした。
そして朽木家とも関りが有った人物です。
その定頼と基綱を結びつけてストーリーを作りました。

あふみのうみ
みなもがゆれるとき

淡海外伝《あふみがいでん》

天文二十年（一五五二年）一月上旬　近江国蒲生郡《がもう》　繖山《きぬがさやま》　観音寺城　六角定頼

盃《さかずき》の中に龍が居た。ゆらゆらと生きているかのように動いている。いや、動いているのは儂の手か。手が震えるようになった、甲に醜《みにく》いシミが浮いている。五十も半ばを過ぎた、歳を取ったのだと思った。起ち上がるのも億劫《おっくう》になってしまった。もう長くは無いな……。

一口酒を飲んだ。雑味が無い、すっきりとしている。素直に美味いと思った。肴は梅干し、酸味の強さが澄み酒に合う。何とも言えぬ。眼で楽しみ舌で味わう。人生の最後に斯様《かよう》な楽しみが有るとは……。朽木塗の盃と澄み酒か。朽木か、はて、あの男は如何しているか……。

部屋に七人の男が入って来た。六角左京大夫、後藤但馬守、進藤山城守、平井加賀守、蒲生下野守、目加田次郎左衛門尉、三雲対馬守。やれやれ、倅《せがれ》と六人衆か。正月三ヶ日だというのに鬱陶《うっとう》しい事よ。折角一人で酒を楽しんでいるというのに……。

「如何した？　左京大夫」

左京大夫が儂の前に座り、その後ろに六人が据わった。

「朽木の公方様から使者が参りました。兵を出して欲しい、三好筑前守を打ち破って欲しいと」

「またか」

「はっ、それと管領殿からも」

左京大夫、六人衆が渋い顔をしている。儂も同様であろうな。

江口の戦いで義藤公、管領細川六郎晴元は三好筑前守に京を追われた。もう二年半が過ぎた、戻りたいのは分かるが正月も待てぬとは……。盃に残った酒を一息に飲み干した。飲み干して盃を置いた。盃を持ちながらでは話は聞けぬ。

「父上、余り御過ごしになっては」

無粋な話よな。盃の龍が酒を欲しがっているように見えた。いや、欲しがっているのは儂か。

「気遣いは無用じゃ。長く持たぬ事は分かっておる。一杯の酒を控える事に何の意味が有る。正月じゃ、好きにさせよ。掌中《しょうちゅう》に美酒有り、これ飲まざるべけんや」

倅が、六人衆が困った様な顔をした。愚かな話よ、人間何時かは死ぬのだ、五十も半ばを過ぎての死なら十分な一生ではないか。

倅を見た。六角左京大夫義賢、歳は三十を越えた。思慮にも勇気にも欠ける所は無い。戦も上手いと言って良かろう。大名家の当主に必要な強かさも有れば家臣達への配慮を忘れる事も無い。六角家の当主として足りぬところは無い、既に家督を譲ったが何の心配も要らぬ。煩《うるさ》い南近江の国人衆もこの倅なら文句は言うまい。だがこの倅には博打は打てまいな。おそらく、儂が大きくした六角家を守るので精一杯であろう……。

「困ったものよ」

「真に、頼めば兵を出すと思っておりまする」

その事だけでは無いわ、だが口には出せぬ。

「……そうよな、公方様に御力を貸したのはあくまで六角家の勢威を高めるためだというのに、それが分からぬとは……」

皆が渋い表情のまま頷いた。周囲の者が良くない、公方様に世の理《ことわり》を教えようとせぬ。諸大名は将軍の命ではなく己の利で動くのだと教えれば良いものを……。いや、周囲の者も眼を背けているのか……。

「それで、何と答えたのだ？」

「相国寺の戦いで敗れた以上、三好を討ち破るのは難しいと。和睦にて京へ御戻りなさるのが上策と返事を致しました」

「うむ、それで良い」

今の六角にはそれ以上の事は出来ぬ。儂に力が有れば兵を起こす事も出来ようがこの有様では……。また手の甲のシミが眼に入った。

「それで、三好との和睦はどうなっておる」

左京大夫が視線を平井加賀守に向けた。加賀守が僅かに頭を下げた。

「義藤公の帰京については三好側も受け入れております。なれど……」

加賀守が言葉を濁した。

「六郎は駄目か」

「はっ、管領は摂津守護の細川次郎氏綱様にと」

三好筑前守は父を細川六郎晴元に殺された。細川次郎氏綱も父親、養父を六郎に殺されている。三好筑前守と細川次郎は父を同じ相手に殺された者同士として強い結び付きが有る。六郎が生きている限り、この結束が崩れる事はあるまい。

細川六郎晴元か。どうにも喰い足りぬ、甘い男よ。儂なら細川次郎も筑前守も迷わず殺しておった。放置すれば手を組んで敵対すると見えておろうに……。詰まらぬ仏心を出すから京を追われるような事に成るのだ。管領であるあの男と結ぶ事で勢力を伸ばそうと思ったが娘を嫁がせたのは誤りであったかもしれぬ。

「父上、如何なさいます？」

「……粘り強く交渉するしかあるまい。他に手が有るか？」

「いえ」

左京大夫が俯《うつむ》いた。

「加賀、苦労を掛けるが頼む」

「はっ」

加賀守が頭を下げた。それを機に皆が下がろうとする。左京大夫を呼び止めた。六人衆がこちらを見たが何も言わずに下がった。

「父上、何か？」

「遠慮は要らぬ、今少し寄れ」

倅が〝はっ〟と言って近付いた。まだ足りぬ、手招きをして近付かせた。内密の話と察したのだろう、膝が接する程に近付いた。

「公方様には銭を送っておけ、ひもじい想いはさせるな」

「はっ」

倅が儂を見ている。それだけなら近付く必要は無い、いや二人だけで話す必要は無いと思っていよう。

「儂が死んだら」

「父上！」

「聞け！　儂が死んだら、三好との和議を纏めよ、六郎の事は捨て置け」

倅がじっと儂を見た。

「宜しいので？」

「構わぬ」

已《や》むを得ぬ、娘が哀れでは有るが細川に引き摺られるのは拙い。儂の死後、六角家は代替わりで少なからず時を必要とする。そこを三好に付け込まれるのは面白くない。妥協せざるを得ぬ。

「父上の死後で宜しいのですな？」

「うむ、今やれば儂の容体が余程に悪いと知られてしまうであろう。それは面白くない。密かに戦の準備をせよ。儂の死に乗じて動こうとする者が居るかもしれぬ。或《あ》いは唆されてその気になる者もな」

左京大夫が頷いた。密かにといえど戦の準備をすれば三好は気付こう。或いは交渉で譲歩を引き出せるかもしれぬ。期待は出来ぬが……。

「父上、加賀守には？」

「報せずとも良い。加賀守、いやあの六人、六郎を管領に戻すのは無理と判断していよう。儂がその方を呼び止めた事でこの事は察している筈じゃ」

「そうですな」

左京大夫が苦笑を浮かべた。

倅を下がらせるとまた盃に酒を注いだ。龍が泳ぐ、その様が楽しい。朽木か、また思った。あの男は如何しているだろうかと。朽木民部少輔稙綱、確か儂より三歳下で有ったな。あの男も五十を越えたか……。可愛げの無い男であった。頑なに儂に頭を下げようとはせなんだ。将軍家と結び付く事で儂に従う事を拒絶した。

随分と手を焼かされた。だが最後は儂のために兵を出した。先鋒として浅井と戦った。負傷までしたのだ、十分な働きだった。分かったかと言いたかった。乱世なのだ。必要とされるのは力、弱い朽木が力の無い将軍家と結び付いて如何するのか。儂に従えば儂の庇護を受けられる、儂の力を利用する事も出来るのだ。だがあの男は結局儂に臣従しようとはしなかった。そして益々将軍家と強く結び付いた。

今思えばあれはあの男なりの精一杯の矜持だったのかもしれぬ。同じ佐々木源氏でありながら六角と朽木ではあまりにも違う。歳の近い儂に反発も有ったであろう。そっとしておく、という手も有ったやもしれぬ。だが出来なかった。儂もあの男に反発したのやもしれぬ。巡り合わせが悪かったのか……。益の無い事をしたのだろうか？　そうは思わぬ。儂に従っていればあの男の嫡男、宮内少輔は死なずに済んだ。儂が佐々木越中との間に入って事を収めた筈だ。いやそれすらも必要無かったであろう。越中も今では六角家に従う身なのだ。

「誰か有る！」

「はっ」

人を呼ぶと小姓が現れた。

「対馬守を呼べ」

「はっ」

はて、対馬守を呼んで如何するのか？　朽木の事など問うても仕方あるまい。相手は所詮一万石にも満たぬ国人領主に過ぎぬのだ。やはりあの男が気になるのだろうか……。いかぬな、対馬守が来る前に盃を干さなければ。一息で澄み酒を飲み干した。

直ぐに対馬守が来た。危ない所よ。

「お呼びと伺いましたが？」

顔が緊張している。悪い事をしたかと思った。

「うむ、ちと気になった事が有っての。大した事では無い、後でも良かったのだが年寄りは気が短い、つい呼んでしまった、済まぬの」

詫びると対馬守が顔を綻ばせた。

「左様な事、御気に為される事は有りませぬ。して、一体何を」

「うむ、朽木の事じゃ。宮内少輔の死後、跡継ぎはどうなっていたかの。今まで気にも止めなんだが」

対馬守が眉を上げた。やはり詰まらぬ事を訊いたか……。

「嫡男の竹若丸が跡を継いでおります。後見には祖父の民部少輔殿が」

「左様か、……未だ幼かろう」

「はっ、確か今四歳にございまする」

四歳か、少なくともあと十年は後見が必要であろう。五十を過ぎたあの男にとっては苦痛であろうな。意地を張らずにいれば……。

「少々面妖な童子にて……」

「面妖？」

聞き捨てならぬ、問い返すと対馬守が頷いた。

「御隠居様には御覚え有りませぬか？　父宮内少輔の死に際して敦盛を謳った後に動揺する家臣達を一喝したとか」

御覚えと言う事は一度は儂に報せたという事か。だが儂にはその記憶が無い。聞いたが心に留めなかった、或いは抜け落ちたという事か。歳を取ってからは物を覚える事が出来なくなってきた。腹の立つ事よ。取り繕《つくろ》わなくてはならぬ。対馬守も知らぬでは面白く無かろう。

「ふむ、聞いた様な気もするな。待てよ、そうか、思い出したぞ、あれは朽木の事であったか」

「はっ」

対馬守が満足そうに頷いた。

「他にも何か儂に報せたか？　聞いたような気がするが思い出せぬ」

「はっ、家を継ぐにあたって三年何も言わずに自分に仕えろと言ったとか」

三年か、思わず唸り声が出た。

「澄み酒に朽木塗か」

「はっ、関を廃し税を安くしておりまする。領内は活気に満ち溢れておりまする」

また唸り声が出た。三年か、三年経たずして結果を出しておる。全てが全て竹若丸の発案では有るまい。民部少輔の発案も有ろう。だが……。

「竹若丸という童子、如何いう性格か？　随分と傲慢《ごうまん》にも見えるが」

「幼少なれど気性激しく中々の利かん気と聞きまする。決して仕え易い主ではございますまい。家臣達にも竹若丸に不安を持つ者有りと聞きまする。なれど……」

「結果を出しているか」

対馬守が〝はっ〟と言って頷いた。

「それ故家臣達も従っているようにございまする」

「なるほどの、民部少輔にとっては自慢の孫であろうの」

「はっ、随分と期待しているとか」

対馬守が皮肉そうな笑みを浮かべた。高が八千石、何が出来るかと見ているのだと分かった。

対馬守を下がらせ盃に澄み酒を注いだ。龍が動いている。だが楽しめなかった。朽木の龍が動いている……。気性激しく利かん気か。傲慢にも見えるが結果を出しているとなれば一概に傲慢とは言えぬ。しかし、確かに仕え易い主ではあるまい。息子の事を考えた、六角左京大夫義賢。尖った所は無い、まるで玉の様な男だ。家臣達にとっては仕え易かろう。

……しかし、それで良いのだろうか？　仕え易いのと人を惹き付けるのは別であろう。梅干しは酸味が強く塩辛い物程人を惹き付ける、甘い梅干しなど興醒めであろう。朽木竹若丸、尖った童子だ、仕え易くは有るまい。だが結果は出している。となれば傲慢であろうと人を惹き付けるのではなかろうか？　家臣達は竹若丸が次に何を為すかという不安を持とうが同時に期待も持てよう。それは一つの魅力ではないのか……。

朽木竹若丸と民部少輔か。人を惹き付ける孫と六角家に敵意を持つ祖父、危険か？……気にし過ぎか。所詮は一万石に満たぬ国人領主ではないか。この六角家に敵う筈が無い。この近江で六角家に敵対する者など居らぬ。京極は没落し浅井は六角に臣従している。何を恐れるのか……。盃の澄み酒を一息に飲み干した。

「……左京大夫を呼べ！」

「はっ」

声がして小走りに走る音が聞こえた。

六角家よりも勢威を振るった京極家は没落した。代わって興った浅井家は国人領主でしかなかった。六角が京極と同じ様に没落し朽木が浅井と同じ様に勃興せぬとどうして言えよう。そして細川六郎は詰まらぬ仏心の所為で居場所も無い有様ではないか。あの男を喰い足りぬと罵っておきながら同じ過ちを冒してして何とする！　今は乱世ぞ！

「馬鹿が！」

急がねばならぬ、今直ぐ六郎を切り捨て三好と和を結ぶ。義藤公を京へ送り返すのだ。そして朽木を攻め潰す！　儂の命の有るうちに、目の黒いうちに成し遂げねばならぬ！

「遅い！　左京大夫は如何した！」

ええい、待っておれぬわ！　儂から出向く！　盃を投げ捨てて立ち上がった。

「急がねばならぬ！」


天文二十一年一月二日、管領代六角定頼死す。嫡男左京大夫義賢に何事かを伝えようと部屋を出、廊下にて突如倒れた。死の間際、頻りに〝朽木〟と譫言を言い続けたという。諸人、朽木に滞在する公方様の事かと思い管領代の将軍家への忠誠の厚さに涙を流したと伝わる。享年五十八歳……。

老雄
～朝倉宗滴～

朝倉宗滴は朝倉家の全盛期を作り上げた人物です。
そして宗滴死後の朝倉は武威が振るわないと
酷評されるほど衰えました。
それは何故なのか?
その辺りをこのSSの中で書いてみました。

あふみのうみ
みなもがゆれるとき

淡海外伝《あふみがいでん》

天文二十二年（一五五三年）　九月上旬　　越前国足羽郡　　城戸ノ内町　　一乗谷城　　朝倉宗滴

「お呼びとの事でございますが」

正面の上座では御屋形様が困った様な笑みを浮かべておられた。朝倉左衛門督義景様、今年で二十一歳になられる。家督を継がれて既に五年が過ぎた。

「宗滴、休んでいるところを済まぬな。近江から使者が参った」

「将軍家よりでございますか？」

御屋形様が頷かれた。将軍家が三好筑前守によって京を追われた。兵を出せと言ってくるだろうと思ったが早速来たか。

「使者は朽木長門守殿だ。私が会っても良いのだが会えば必ず上洛の言質を取ろうとするであろう。会うのは得策ではない、会うべきではないと皆が言うのだ。私もそう思う」

周囲には大野郡司の朝倉孫八郎、安居の朝倉右兵衛尉、朝倉山の朝倉玄蕃助、山崎新左衛門尉、小泉藤左衛門尉、河合五郎兵衛尉……。それで儂を呼んだか。頼り無い事よ、何故儂に頼らず自分が会うと言わぬのか。

「分かりました、某が会ってみましょう。使者の方は今どちらに？」

「書院だ。宗滴が来るのを待っている。私は風邪を引いた事に成っている」

御屋形様が苦笑を漏らされた。

「風邪でございますか。……御屋形様、上洛はしない。それで宜しゅうございますな」

「それで良い」

穏やかな表情だ。上洛出来ない事を悔しがる、不満に思う顔ではない。将軍家の要請を切り捨てる顔でもない。ただ穏やかだ。幾分その事に不満を感じながら書院に向かった。


書院には将軍家の使者が居た。中肉中背、特徴の無い顔立ちだ。朽木長門守か、朽木一族は足利将軍家に忠実な一族だ、その一人だろう。京を追われた将軍家が頼るのは朽木と決まっている。六角家の管領代が生きていれば頼っただろうが昨年の正月に死んだ。当代の左京大夫は悪い噂は聞かぬ。だが日の出の勢いの三好を相手に戦が出来るのか……。誰もが疑問に思っていよう。だから将軍家の使者が此処に来た。


「お待たせ致しましたな、朝倉宗滴にござる。本来なら主、左衛門督が自ら御相手をするのでござるが間の悪い事に風邪を引きましてな。某が代わってお会いする事に成り申した」

「左様でございますか、それは残念。左衛門督様には十分に養生して頂きたいと御伝え下さい」

「必ずやそのように伝えましょう」

御屋形様が自ら会わぬ事に落胆した様子は無い。他国では御屋形様を如何見ているのか、少し不安になった。

「改めて御挨拶申し上げる、朽木長門守にございます。本日は将軍家の使者として参りました」

「そのように伺っております。御用件は？」

「御存じの様に将軍義藤公は三好筑前守より京を奪回するべく近江で機会を窺っております。朝倉家には公方様のために御力をお貸し頂きたい」

兵を出せか……、毎回毎回同じ事の繰り返し、飽きぬ事よ。

「某の一存ではお答え致しかねる。評定を重ねて御返事を致しましょう。多少日数が掛かりまする、長門守殿には近江にお戻り頂きたい」

「左様ですか」

はて、暗に兵は出せぬと伝えたのだが気落ちした表情を見せぬ。

「では評定の場ではこれを御披見頂きたい」

長門守が懐から書状を出した。

「この場にて拝見しても宜しゅうござるかな？」

「御随意に」

長門守は自信有り気だ。その事が少し気になったが書状を開いた。

……なるほど、一向門徒を使うか……。確かに畿内において三好の力が強まれば本願寺は心穏やかではいられまい。三好筑前守の父を自害に追い込んだのは一向門徒であったからな。そして三好家は熱心な法華宗の信徒でもある。このまま三好の力が増すようであれば本願寺も危うい……。そこを突けば本願寺が反三好で立つ可能性は十分に有る。

朝倉の兵は囮、大将は儂ではなくとも良いか。良く考えてある、しかし加賀の門徒達が加賀半国を譲るだろうか？　畿内で敵が居なくなるのだから加賀半国は我慢しろという事なのだろうが……。

「この件、本願寺は何と？」

問い掛けると長門守が笑みを浮かべた。

「今頃、同じように使者が赴いておりましょう」

「左様か」

難しかろうな。本願寺が命じても加賀の一向門徒が素直に加賀半国を渡すとも思えぬ。それに本願寺が何処まで三好を恐れているか……。本願寺はなかなかの堅城と聞く、簡単には落とせまい。それに畿内には畠山、六角と三好と敵対する勢力も有る。加賀半国を譲らねばならぬほど追い込まれているとは思えぬ。惜しいな、今少し本願寺が追い込まれればこの策は成るやもしれぬが……。いや、今だからこそ策を提示してきたのかもしれぬ。何年か後には芽吹くという事も有り得るか……。

「なかなかの軍略、一体どなたの御発案かな？」

「……公方様にございます」

「左様か、いや驚き申した。公方様がこれ程の軍略の持ち主とは思いませなんだ。三好討伐も間もなくの事でございましょう。……評定の場では必ず皆に伝えましょうぞ」

長門守が〝よしなに〟と言った。

嘘だな、公方様では無い。答えるまでに僅かに間が有った、そして眼が泳いだ。おそらく策を立てたのは幕臣だろう。だが何故隠す？　何故公方様の策にするのだ？　有能な幕臣が居る事は諸大名から見れば将軍家への信頼にも繋がる筈、敢えて公方様の策にする必要は無い筈だが……。


天文二十三年（一五五四年）三月上旬　　越前国足羽郡　　金吾谷　　朝倉宗滴邸　　朝倉宗滴

「養父上、孫八郎殿がお見えになりました」

「そうか、書院へ御通し致せ」

「はっ」

「そなたも同席せよ」

養子、九郎左衛門尉景紀が一瞬不愉快そうな表情をしたが無言で頭を下げると朝倉孫八郎景鏡を迎えに出向いた。

「さて儂も書院に行くか。客を待たせるわけにも行かぬ」

歳を取ってから独り言が多くなったな……。

書院に着いて座ると直ぐに九郎左衛門尉が孫八郎を連れて書院に入って来た。歳は取って歩くのが遅くなった、悲しい事だ。孫八郎が対面に座った。九郎左衛門尉が後ろに控えようとしたが首を振って止めた。訝しそうにする九郎左衛門尉に孫八郎の隣を指し示した。孫八郎が眉を顰め九郎左衛門尉が忌々しそうに孫八郎を一瞥して隣に座った。

困ったものよ、何時の間にか敦賀郡司家と大野郡司家の間で反目が生じている。孫八郎は面白くないのであろうな。本来なら朝倉家親族筆頭として重んじられるべきなのに儂が居るばかりに何かにつけて大野郡司家は敦賀郡司家の下に置かれる。そして九郎左衛門尉には朝倉の今を築いたのは敦賀郡司家だという自負がある。如何に親族筆頭の大野郡司家であろうと敦賀郡司家に遠慮すべきだと思っている。孫八郎は九郎左衛門尉より二回りほど若い。若造めという思いも有ろう。

「孫八郎殿、御足労をお掛けした。雪道は難儀でござったろう」
「いえ、左程の事は」
「左様か、ならば良いが」
内心では屋敷に呼び付けられた事を面白く思ってはおるまいな。ここへも渋々来たのであろう。

「今日来てもらったのは些《いささ》か懸念すべき事態が起きたのではないかと思いましてな」

「懸念すべき事態？」

孫八郎が口に出すと九郎左衛門尉は面白くなさそうな顔をした。孫八郎に話す必要など無いと思ったのかもしれない。

「或いは杞憂かもしれぬ。だが気になる、二人には儂の遺言と思って聞いてもらいたい」

「養父上、左様なお気の弱いことを」

「九郎左衛門尉、人間いつかは死ぬ。儂も死を免れる事は出来ぬ」

孫八郎は能面のような表情で我ら親子の遣り取りを聞いている。内心では儂の死を望んでいるのかもしれぬ。寂しい事よ……。朝倉は繁栄した。加賀の一向一揆を除けば敵は居ない。その一向一揆とて厄介ではあるが危険ではない。その事が朝倉一門の結束の脆さに繋がるとは……。

「先年、公方様より使者が参り三好討伐のために兵を出せと言ってきた。覚えておられよう」

孫八郎、九郎左衛門尉の二人が頷いた。

「その折、一向一揆を使って三好を倒すという案も示してきた。朝倉、六角の兵を囮として使い本命は本願寺……。中々の軍略では有るが珍しい事でもある。出兵の依頼だけでは無く軍略も示すとは。我らが三好と戦いたがらぬと見ての事であろうが本来なら何故兵を出さぬのかと叱責しそうなものとは思われぬか？」

また二人が頷いた。

「公方様の御発案でしたな、養父上」

「そうだな、使者はそう言っていたが儂の見るところは違う。策を立てたのは朽木竹若丸であろう」

九郎左衛門尉が訝しげな表情をし孫八郎が笑い出した。九郎左衛門尉が忌々しそうに咳ばらいをすると孫八郎が笑うのを止めた。九郎左衛門尉が満足そうな表情を見せた。

「宗滴殿、朽木竹若丸は未だ五歳ですぞ。確かに三好を追い返した気性の激しさ、胆の太さは某も認めますが……」

同意出来ぬと言わんばかりに孫八郎が首を横に振った。

「孫八郎殿、先年越後の長尾弾正少弼殿から書状が来た。上洛の折は便宜を図って貰った事に感謝しているとの挨拶状であったがその中に朽木竹若丸、なかなかの軍略家にて幼少なれど尋常な者に非ずと書かれてあった」

二人が考え込む表情を見せた。

「如何思われる？　弾正少弼殿は越後を纏められた方、その方が認めたという事実、これは軽視出来まい」

「では養父上はあれは竹若丸の案だというのですな」

九郎左衛門尉が小首を傾げながら訊ねて来た。半信半疑か……。

「そうだ。公方様の案と偽ったのは竹若丸の歳が若過ぎるためであろう。正直に名を出したのでは誰も受け入れぬと見たのだ。もう一つは公方様の策として諸大名に公方様への畏敬の念を持たせようとしたのだと儂は見る」

「では三好は……」

孫八郎が眉を顰めた。九郎左衛門尉も眉を顰めている。

「お手前が思った通りよ、孫八郎殿。三好はその事を知った。それ故兵を出して脅したのだと思う」

「……」

「二人とも分かるかな？」

「……」

「公方様の周りには三好に通じる者がいる」

二人の顔が引き締まった。ようやく気付いたか、頼り無い事よ。儂の死後はこの二人が朝倉の中核にならねばならぬのに……。

「今思えばあの策に乗らなんだのは正解であった」

二人が頷いた。惜しい事だ。何年か後には芽吹くかもしれぬと思ったが三好が知ったのでは芽吹く事は有るまい。結果的に朝倉は正しい道を選択した。だが結果的にだ、選択の過程は決して褒められたものではない。

内を見透かされておる。そうとしか思えぬ。朝倉には三好と戦うだけの覇気も無ければ人も居ないと見られているのだ。頼りにならぬから頼りにせぬ。形だけの兵を出せ、そういう事だ。それを如何に尋常な者に非ずとはいえ幼児にまで見抜かれた。おそらくは公方様、その周辺にも見抜かれたであろう。これからも使者は来るであろうが期待はされまい……。

いっそ乗るべきであったか？　朝倉が動けば浅井、六角も動いたかもしれぬ。本願寺もだ。三好も本願寺を敵視しただろう、放置はせぬ筈だ。さすれば加賀の一向一揆は如何したであろう。本願寺を如何助けるかで頭を痛めたのではないか？　朝倉には休戦を求めたかもしれぬ。そうなれば有利な条件で和を結べただろう。いや、それ以上に誰もが朝倉の武威を認めた筈。……いかんな、過ぎた事を振り返っても仕方が無い。

「問題は朽木竹若丸の事。かの者は今年六歳、先は長い。油断は出来ぬ」
「宗滴殿、一万石にも満たぬ身代ですぞ。精々三百程度の兵しか動かせますまい」
孫八郎が呆れた様な声を出した。九郎左衛門尉は無言だ。孫八郎と同意見だが儂を憚って口を開かぬと見える。

「九頭竜川の戦いをお忘れかな？」

「……」

孫八郎が口を噤んだ。

「自慢するわけでは無いが儂は一万の兵で三十万の一揆勢を破った。兵力が少ないというだけで竹若丸を侮るのは危険であろう」

「しかし養父上、それは養父上だから出来た事。竹若丸に……」

「出来ぬとは言えぬ」

九郎左衛門尉も口を噤んだ。二人とも不満そうな表情だ。


「近江には六角、浅井、比叡山が有る。あの地で勢力を伸ばすのは容易では有るまい。儂の心配は或いは杞憂であるのかもしれぬ。それを否定はせぬ。だが将来《さき》の事は誰も分からぬ。もし、朽木が勢力を伸ばすようであれば油断は出来ぬ。その事を胆に銘じて欲しい」

二人が渋々といった表情で頷いた。朽木が勢力を伸ばす事など有り得ぬと見ているのだろう。


話が終わり孫八郎が帰った。詰まらぬ話を聞いた、そう思っているのかもしれぬな。九郎左衛門尉も同じ想いであろう。寂しい事よ。

「儂が悪いのかもしれぬ」

つい独り言が出た。儂が朝倉家の全てを差配した。今になってみればそれが悪かったのかもしれぬ……。

元々は儂が朝倉家の嫡子であった。だが父一乗寺殿が無くなった時、儂は幼かった。内外の状況を考えれば儂が当主になるのは無理であった。兄安国寺殿様が継ぎその後は兄の嫡男である長陽院殿様が継いだ。儂に当主の座は戻らなかった。不満であった、面白くなかった。

当然だが長陽院殿様はそれを御存じであった。儂の不満を宥めるために儂を重用した。儂に力量が有ると分かってからは殆ど全権を儂に委ねられた。それは長陽院殿様からその後を継いだ性安寺殿様に受け継がれ今の御屋形様にも引き継がれた。儂が朝倉家の実質的な当主であった……。

「繁栄したの、よう働いた」

朝倉家を大きくした。誰のためでもない、儂のために働いた。儂こそが朝倉家の真の当主、それを証明するために働いた。だが気が付けば御屋形様は無気力になり重臣達は頼りなく大野郡司家は敦賀郡司家に不満を持っている。大野郡司家だけでは有るまい、他にも不満を持っている一族は居よう。

主君を蔑《ないがしろ》にしたわけでは無い。だが下が威を振るうという事は上の威が薄れるという事でも有る。朝倉の家臣達は上を敬わなくなった。主君を軽んじ儂を疎んじている。朝倉家はバラバラになった。朝倉を纏める柱は無くなった。今は儂が居る。だが儂の死後は……、儂のした事は何だったのか……。

「老い耄《ぼ》れと見られたか……」

朽木竹若丸、調べに拠れば関を廃し商人を保護しているとか。商人達から朝倉の内情を聞いたのであろう。その際儂の事も確認したに違いない。頼りにならぬと見たのは朝倉家だけでは無い、儂自身の事もあろう。年寄りに畿内に出張《でば》る事は無理と見られたのだ。

老いたの、足腰も弱った。まるで朝倉家の様じゃ。

「フフフフフ」

自嘲が漏れた。当然か、儂自身が朝倉家であったのだ。それが証明されたに過ぎぬ。これから先、朝倉家はどうなるのか……。孫八郎、九郎左衛門尉に朝倉家が背負えるのか。甚だ心許ない事よ。

三好、六角、斎藤、今川、武田、北条、長尾……。加賀の一向一揆を除けば今直ぐ朝倉の脅威になりそうな勢力は無い。やはり気にかかるのは朽木、そして尾張の織田か。未だ大きくは無い、だが大きくなる可能性を秘めている。あの者達が大きくなった時、朝倉家はどうなるのか……。

「考えても仕方ないの」

考えても仕方が無い。出来る事をせねばならぬ。儂に出来る事、朝倉家を北から窺う一向一揆を打ち払う事だ。幸い越後の長尾弾正少弼殿から加賀、越中を挟撃しようという誘いも来ている。千載一隅の機会と言えよう。

「儂の最後の戦になるかもしれんの」

恥ずかしい戦は出来ぬ。今一度、朝倉の武威を天下に轟かせる。それが朝倉家の真の当主である儂の務めだ。

天文二十四年七月、朝倉宗滴、老体に鞭打って加賀に出陣。津葉城、南郷城、千足城、日谷《ひのや》城を落とす。その後敷地山に陣を移し一揆勢を待ち受ける。同年八月、押し寄せる一揆勢を大いに破るも病に倒れる。同年九月、宗滴死す。諸人皆宗滴こそは真の名将なるかなと褒め称える。享年七十九歳、法名月光院殿照葉宗滴大居士。

老雄

～朽木稙綱～

史実の朽木稙綱は足利家に対して
忠義一筋の人物でした。
ですが小説の中では基綱の理解者として存在します。
このSSでは足利家への想いと基綱への愛情、
その相反する二つの感情を胸に抱えて
生きる稙綱の喜びと悲哀を書きました。

あふみのうみ
みなもがゆれるとき

淡海外伝《あふみがいでん》

永禄十二年（一五六九年）　十二月下旬　近江国高島郡安井川村　清水山城　朽木稙綱《たねつな》

城内は正月を迎える準備で一色だった。女達だけでなく男達もひっきりなしに動き回り声を張り上げている。なんとも忙《せわ》しない事よ。年寄りの出る幕ではないの。かと言って部屋に居ても何もする事が無い。城内の喧騒から逃げるように櫓台へと向かった。

自然と足が此処へ向く。最初にこの城に来た時からそうだった。あれは永禄二年の二月の半ばであったな。となれば今から十年、年が明ければ十一年も前の事になる。淡海乃海の大きさ、数多の船に眼を奪われた。何時見ても見飽きぬ風景であった。今もそうじゃ、見飽きる事は無い。儂の眼を楽しませてくれる。

田畑が寂しそうじゃ。稲を刈り取った後が寒々としている。うっすらと雪が積もっているが何処か寒々しい。年が明ければ雪が本格的に降るだろう。そうなれば田畑は雪で覆われ白銀の世界となる。穢れの無い純白の世界が陽を浴びて眩いほどの輝きを放つ。その輝きが待ち遠しい、早く雪が降り積もらぬものか……。

清水山城を得てもう十年が過ぎた、大きくなったものよ。元は朽木谷八千石の国人領主であった。高島郡で五万石になった時も大きくなったと思ったが今は更に大きい。近江、若狭、越前、加賀、能登、伊勢、畿内から東海、北陸にかけて二百五十万石を超える身代になった。

もっとも伊勢は不安定だから正味は二百万石といったところか。それでも大したものよ。動かせる兵力は六万を越えよう。信じられぬわ、今でも夢ではないかと思う時がある。あの六角家よりも朽木家は大きくなったのだ。そして天下第一の富強と言われている。有り得ぬ事よ、可笑しくなって笑い声が出た。冬空に笑い声が響いた。

……あの男、六角定頼が眩しかった。管領代か、得意げであったな。今でも思い出す。幕府はあの男の力で再興された。儂の力では無かった。あの男に及ばぬ事が悔しかった。膝を屈した事が屈辱であった。隠居しても屈辱から逃れる事は出来なかった。いや、それどころか息子を失い更に苦しい立場へと追いやられた。幼い孫を抱えてどうなるかと暗澹とした。

だがその直後、あの男は死んだ。そして十五年後、六角家は滅んだ。朽木家が滅ぼした。京極家は既に滅び高島家も滅んだ。今では名門佐々木源氏の嫡流は朽木家よ。そして儂は生きており朽木家が六角家を打ち倒す日を見る事が出来た……。

儂は勝ったのだ。あの男が死んでから勝った。いや死んだから勝ったのかもしれぬ。構わぬ、生きるのも勝負よ。あの男も儂が六角家に対し心穏やかならぬ想いを抱いていた事は分かっておった筈。それを放置したのはあの男の甘さ、油断よ。甘いから滅んだ。油断したから滅んだ。そしてそんな六角家を滅ぼすだけの力を朽木は付けた。今頃はあの世で歯噛みしているかもしれぬ。そう思えばむしろ心地良いわ。儂は勝った！　また笑い声が出た。

それにしても妙なものよな。大膳大夫、いや、あの頃は未だ竹若丸であったな。あれが非凡であると知った時、儂は朽木家が繁栄する土台を築いてくれれば良いと思った。基綱の基も朽木家の礎《いしずえ》を築く、そういう意味で選んだ。だが孫は儂の予想を遥かに超えていた。朽木家は天下に向かって大きく走り出した。今でも信じられぬ。

朽木大膳大夫基綱、我が孫ながら醒めた目と心を持つ男じゃ。朽木に滞在した将軍家を醒めた目で見ておった。幕府にも懐疑的であったな、期待など微塵もしていなかったであろう。そう言えば六角の事も酷く醒めた目で見ておった。畏れる事も無ければ侮る事も無かった。

儂が無理をするなと言っても笑い飛ばしたわ。そして勝負はこれからだと言いおった。あの時は高島郡で五万石の身代であった。その身代で六角家に従属する事無く勝負しておった。ふてぶてしいまでのしぶとさよ。孫なれば頼もしい限りであったが敵ならば厭らしい限りであろう。左京大夫義賢も手を焼いたであろうな。結局娘婿として遇するしかなかったの。

神仏に対しても同じ様に醒めておる。あれは神も仏も信じてはおるまい。比叡山を焼いたのも、一向一揆を根切りにしたのも怒りからではない。朽木家にとって邪魔だから焼いた。無用だから根切りにしたのであろう。六角家と同じよ。利用出来る間は利用する、利用する価値が無くなれば潰して喰らう。世評で言われる様な気性の激しい男なのではない。可笑しな程に醒めた男じゃ。誰に似たのか、不思議じゃの。

「如何なるかのう」

思わず独り言が出た。大和の義秋様は頻りに大膳大夫に協力を要請している。義秋様は何としても大膳大夫を上洛戦に引き摺り込む御積もりであろう。大膳大夫以外に頼れる者は居らぬのじゃ。そして大膳大夫も西へ動くには義秋様を利用した方が良いと判断していよう。三好を打ち払う、其処までは協力する筈じゃ。問題はその後よ。如何なるか……。

お互い、相手に対して不信感を持っておる。義秋様の能登の畠山、伊勢の北畠への扱いを見ればそれは容易に分かる。大膳大夫の勢力が大きくなるのが面白くないのだ。将来的には邪魔になると見た。今から朽木の勢力を抑えにかかっているのであろう。……それにしても将軍家が朽木の勢力を抑えにかかる日が来るとは……。妙なものよ。

「朽木は足利家の忠臣か」

皮肉では有る。思わず苦笑が漏れた。大膳大夫も義秋様に対して心を許しておらぬ。いや足利家に対して心を許しておらぬ。義輝公に対しても京へ帰還後は一線を画して関わらぬ様にしていた。三好家も朽木家は本当に足利の忠臣なのかと首を捻ったかもしれぬ。大膳大夫は京から遠ざかる様に北へ北へと勢力を伸ばしたのだからの。能登の畠山は謀略で潰した。いずれは北畠も同様の運命を辿るであろう。そうなれば義秋様も大膳大夫が足利家の忠臣ではないと理解する筈じゃ。いや、もう理解しているかもしれぬな。

「お義父様、また此処でございますか？」

振り返ると綾が居た。可笑しそうに儂を見ている。

「此処は良い、何度見ても見飽きぬ」

儂の言葉に綾が頷いた。綾も此処から見る風景が好きらしい。

「でも寒うございます。御風邪を召しましょう」

「そうじゃの」

風邪を引くかもしれぬ。そう思ったが戻る気にはなれなかった。あの騒々しい所では考える事も出来ぬ。そういう意味でも此処は良いのだ。足利家対朽木家の争いになるのかもしれぬな。三好を打ち払った後、義秋様が京に戻り征夷大将軍になられた後、徐々にだが両者の緊張が高まろう……。

永禄十二年（一五六九年）　十二月下旬　近江国高島郡安井川村　清水山城　朽木綾

舅は戻ろうとしない。視線を淡海乃海に向けている。寒くは無いのだろうか？　そう案じていると舅が私を見た。

「綾よ、大膳大夫が怖いかな？」

胸を突かれた。舅は笑みを浮かべている。そして〝怖いかな〟と再度訊ねてきた。

「はい」

「そうか、怖いか」

「はい、怖いと思います」

怖いと思う。あの子は皆とは何かが違う。何と言えば良いのだろう？　人では有っても人ではない。時にそう思う時が有る。でも人ではなければ何なのか、それが分からない。

「比叡山を焼いた事、根切りを行った事か？」

「……」

「朽木が生き延びるには已むを得ぬ事だ。その事で大膳大夫を責めてはならぬと申した筈」

「それは、分かっております」

あの子が比叡山を焼いた時には心の臓が止まるかと思う程に驚いた。そして恐怖した。何という事をしたのか。あの子には御仏を敬うという心が無いのかと恐ろしくなった。越前で根切りを行った時も思った。何故にそれほどまでに残虐な事が出来るのかと。あの子には人の心が無いのかと。舅が止めなければ私は塩津浜城まで行って詰っていたかもしれない。

「ならば良いがの」

舅が私を見ている。答えなければならない。

「今では越前は落ち着いておりますし朽木家の領内で一揆が起きる事も有りませぬ。兄達も布教を許されております」

兄堯慧、姉婿の経範からは朽木領内では安心して布教出来ると感謝されている。厳しい処置をしたからこそ今の安寧が有るのだろう。その事を理解しなければ……。舅が満足そうに頷いた。

「もう直ぐ朽木と足利が争う事になるかもしれぬ」

「平島公方家でございますか？」

「今はの。だがいずれは義秋様と争う事になろう」

「！」

口を利けずにいると舅が〝驚いたか〟と言って笑った。如何して笑えるのだろう。朽木は足利家の忠臣の筈……。

「能登攻めは後顧の憂いを無くす為、伊勢攻めは水軍を味方に付ける為と聞いております。それは義秋様の御為では無いと？」

「そうだ」

「では何のために？」

「大きくなるためであろう。東は織田、北は上杉、両者とも朽木とは親しい。西へ進み易い状況が整った。いや西に進む道しかないのだ。その中で足利家と争う事になる」

舅が事も無げに答えた。

「朽木は足利家の、将軍家の忠臣では有りませぬのか？」

「儂の代はそうであったな。倅の代もそうであった」

「今は？」

「違う」

「宜しいのでございますか？」

舅は足利家に忠実な御人であった。先代義輝公、先々代義晴公の信頼が厚く義晴公の代には内談《ないだん》衆《しゅう》として幕政の機密に預かったと聞く。納得しているのだろうか？　心配して訊ねると舅は視線を湖に向けた。

「構わぬ。今は大膳大夫が朽木家の当主、儂は隠居じゃ。口出しはせぬ」

「……」

「あれは足利家には義理は果たしたと考えていよう。その通りよ、朽木家は代々に亘って足利家に忠誠を尽くしてきた。大膳大夫も義輝公を京にお戻しした。大膳大夫の力無しでは出来ぬ事であった。八千石の朽木家には過ぎた事よ。もう十分であろう」

本当に？　ならば何故眼を逸らすのです？

「それにの、朽木家は足利家から恩賞らしい恩賞を貰っておらぬ。八千石のままじゃ。足利家は大膳大夫の奉公に応える事が出来なくなってしまった。ただ忠義を尽くせと言われてもの、……大膳大夫の心を繋ぎとめる事は出来まい。譜代の家臣達も不満を持っておろう。大膳大夫が足利家から離れようとしているのもその辺りが有るのやもしれぬ」

そんな事が……。五郎衛門、新次郎も不満を持っていると言う事なのだろうか……。

「……将軍家と争う、宜しいのでございますね？」

舅がほっと息を吐くのが分かった。

「已むを得ぬ事だ。戦国の世じゃ、立ち止まる事は許されぬ。だが前に進めば足利家は必ず大膳大夫を敵と見做《みな》すだろう。大膳大夫は退かぬ、義秋様も退くまい。争わざるを得ぬ」

立ち止まる事は許されぬ。その通りだと思う。だからこそ朽木家はここまで大きくなった。

「以前、お義父様は朽木家が天下獲りに動くかもしれぬと申されました。それは足利家を盛り立てて天下を差配するという事では無いのですね」

舅が頷いた。

「大膳大夫にそういう考えは無い。あれが足利のために働くなどという事は無かろう。そういう風に見える事は有ってもな」

ではこれまでの働きは……。

「三好家の様になるのでございますか？　公方様を傀儡にして天下に威を振るうと？」

舅が小首を傾げた。

「さて如何かの。或いは潰すやもしれぬな」

「潰す？　幕府をでございますか？」

思わず声が裏返った。だが舅は動じない。ゆっくりと頷いた。

「役に立つ間は利用しような。だが役に立たぬとなれば潰すであろうよ。あれはその事を躊躇うまい。そして役に立つ期間は短かろう」

寂しそうな声だった。

「本当に宜しいのでございますか？」

問い掛けると舅が笑みを浮かべた。

「構わぬ。……足利の幕府が無くなるのは寂しい事ではある。だがの、儂は大膳大夫が何処まで行くか、見たいのだ」

曇りの無い笑み。舅は本心からそう思っているのだと思った。でも幕府を潰す？　その後は？

舅はその喪失感、痛みに耐えられるのだろうか？


永禄十二年（一五六九年）　十二月下旬　近江国高島郡安井川村　清水山城　朽木稙綱

綾が痛ましそうに儂を見ている。儂の想いを慮っているのだろう。

「綾よ、儂を憐れんでいるか？」

「いいえ、そういうわけでは……」

綾が慌てて首を横に振った。その様子が余りに可笑しくて声を上げて笑ってしまった。

「偽らずとも良い。確かに儂の半生は、足利への忠義は無駄であったのかもしれぬ。いや、無駄よな。だがこの二十年の楽しさはそれを補って余りある物よ。後悔は無い」

儂の言葉に綾が頷いた。

「何が有ろうと大膳大夫を止めるでないぞ」

「はい」

「あれには翼が有るのだ。思いっきり羽ばたかせよ」

「はい」

「そなたの役目は大膳大夫が何処まで飛んだかを見届ける事、そして儂に教える事。あの約束を忘れてくれるなよ」

「はい」

綾がしっかりと頷いた。

羽ばたくが良い。高く、そして遠くへと飛んで行け。それこそが儂の望みじゃ。儂も長くは有るまい。万一のために文を書いておこう、あれが悩まぬようにな。儂に遠慮は無用、悔いなく生きろと書けば意味は通じる筈。……足りぬな、それだけでは足りぬ。あれと過ごした日々が楽しかったと書かねばならん。儂にとって最上の日々で有ったと。

安曇川で釣りをした事を書こう。あれは如何いうわけか鰍《かじか》ばかり釣っていたな。それから馬の乗り方を教えた事を書く。意外に上手かった。だが馬から落ちた時はヒヤリとしたわ。初陣の事も書かねばならぬ。鉄砲の音が煩かったが火薬の匂いも酷かった。あんな戦は初めてじゃ。だが勝った、四倍の敵を討ち破った。楽しかったな、本当に楽しかった……。

曾孫も抱けたな。あれにそっくりの曾孫であった。悔いは無い、儂は十分に生きた。満足して死ねるだろう……。

永禄十二年十二月、朽木民部少輔稙綱死す。至誠の人なり。足利家への忠義、余人の及ぶところに非ず。また孫、大膳大夫を後見し朽木家興隆の基を築いた人なり。諸人、皆大往生なりと口々に言うも大膳大夫の落胆甚だしく見るに忍びず。享年七十六歳……。

老雄
～毛利元就～

このSSでは国人領主から大名になる事の難しさ、
そして毛利元就が何故天下を目指すなと言ったのか、
どんな気持ちで言ったのかを書いてみました。
嫉妬、憎悪、絶望、悲しみに苦しむ元就、
英雄であればあるほどその苦しみは
大きいのだと思います

あふみのうみ
みなもがゆれるとき

淡海外伝《あふみがいでん》

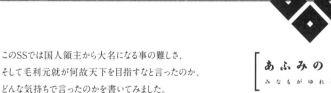

永禄十四年（一五七一年）五月中旬　　安芸国高田郡吉田村　　吉田郡山城　　毛利元就《もうりもとなり》

「結局三好は義輝様を弑《ころ》してしまった。将軍殺しの悪名を背負う事になったのじゃ。今は勢いが有る故誰も声高に責めぬ。だが勢いが衰えれば皆が声高に責めるだろう、それを大義名分に攻める筈。三好の終わりは良く有るまいな、惨めなものになろう。……憎い男よ」

右衛門督、駿河守、左衛門佐の三人が儂を見ていた。驚いているか……、思わず心の内を漏らしてしまった。顔を背けた。

「儂には出来なかった。大内に突き飛ばされ尼子に蹴飛ばされても這《は》い蹲《つくば》って頭を下げるしかなかった。大内と尼子が潰し合い大内が自滅した故それに付け込む事で大きくなれた。そうでなければ今でも這い蹲っていたやもしれぬ。……あの男は常に頭を上げている。眩しいわ、憎い程に眩しい」

右衛門督には分かるまい。儂は生き残るために尼子《あまご》に唆《そそのか》された弟や家臣を殺した男だ。

「ですが朽木《くつき》も六角の前に頭を下げております」

「何も分かっておらぬな、右衛門督。朽木は六角に頭を下げておらぬ。六角を振り回しておったではないか。機嫌を取っていたのは六角の方よ」

「……」

儂には出来なかった事よ。

「浅井の治めていた北近江三郡、朽木が得たのは二郡、六角は一郡。六角が朽木の頭を押さえ付けていたなら逆になる。朽木は六角を利用したに過ぎぬわ」

「なるほど」

「この先、毛利と朽木の関係がどうなるかは分からぬ。だが決して大膳大夫に油断してはならぬぞ。戦うなとは言わぬが好い加減な気持ちで戦ってはならぬ。戦う時は毛利を潰す覚悟を致せ、良いな」

「はっ」

三人が頭を下げた。


「頼り無い事よ」

思わず愚痴が漏れた。

「如何《いかが》なされました？」

三人と入れ替わりに部屋に戻ってきた妙が心配そうな顔をして儂を見ていた。不安そうな表情だ。家中で中の丸と呼ばれ、皆から頼りにされている女には見えぬ。儂にだけそういう表情《かお》を見せる。

「何でもない、独り言じゃ。長話をして少し疲れたわ、済まぬが休ませてくれるか」

「はい」

妙の手を借りながら横になった。そして布団を掛けて貰う。もう一人では寝起きも儘《まま》ならなくなった。死が少しずつ身近に迫っているのが分かる。妙が部屋を出て行くのを待ってから息を吐いた。溜息一つ自由に出来ぬとは……。不便なものよ。

天井が見えた。何の変哲もない天井だ。毎日この天井を見ている。あと何日この天井を見る事になるのか……。孫の事を思った。毛利右衛門督輝元、今年で十九歳になる。一家を率いるには少し若いが傍には吉川駿河守元春、小早川左衛門佐隆景の二人の叔父も居る。他にも右衛門督を助ける家臣には不足しない。頼りになる親族も有能な家臣も揃っているのだ。この毛利家を率いるのに何の不安も無い……。

それが悪かったのかもしれぬ。周囲に頼る癖が付いてしまった。自分で判断する事が出来ない男になってしまった……。

「過保護に育て過ぎたか……」

駿河守にも左衛門佐にも右衛門督には厳しく接するようにと命じたが逆効果で有ったのかもしれぬ。右衛門督は自分の色を出すのを懼れるようになってしまった……。

儂は十歳で父を失った。右衛門督《あれ》も十一歳で父を失った。共に早くに父を失ったが置かれた立場は天と地程に違った。右衛門督には全てが揃っていたが儂に有ったのは多治比猿掛城という小さな城と三百貫の所領のみであった。その城も三百貫の所領も家臣の井上中務丞に奪われた。数年後に中務丞が死んだ事で城と所領は戻って来た。だが何とも心許ない事であった。生き延びるためには自らの頭で考え判断しなければならなかった……。

それが良かったのかもしれぬ。誰も頼れぬ、家臣でさえも無条件に信用は出来ぬ。自らの眼で何処まで信じて良いか見極めて使う。それを骨身に沁《し》みて理解した。甥の幸松丸が死に儂が毛利家を継いだ時、弟や家臣の一部が儂に反旗を翻《ひるがえ》した。だがそれも排除した。油断しなかったから、信じなかったから出来た。その時には生き残る術《すべ》を身に着けていたのだろう。弟や家臣を殺す事で生き残れた。家を守るため等と綺麗事は言わぬ。踏み躙れた事が嬉しかった。自分が強者なのだと実感、いや錯覚出来た。他人には言えぬ、おぞましい歓びじゃ。

「苦労をしておらぬ……」

そう言えば右衛門督は反発するかもしれぬ。だが生きる事の厳しさを身を以って学んでおらぬ。それが物足りぬ……。

「誤ったの……」

一番大事な事を学ばせる事が出来なかった……。戦の才や政の才よりも大事な事、生きる事の厳しさを……。

儂が悪かったのかもしれぬ。天下を競望《けいぼう》せずと言ったが、むしろ天下を競望せよと言うべきでは無かったか。さすれば右衛門督は目的を持てた。その目的のために自らを高める事が出来たかもしれぬ。そうすれば生きる事の厳しさを学ぶ事も出来たかもしれぬ。天下を競望せずと言った事で右衛門督は目的を持つ事が出来なくなった。右衛門督だけではないの、毛利も目的を失ったのかもしれぬ。

しかし天下を望めただろうか？　大内を滅ぼした時、儂は既に六十を越えていた。幾ら養生していたとはいえ長くは生きられぬという思いが有った。天下を獲るのは難しかろう。山陰には尼子が健在だったのだ。倅を後見し天下を目指すという手も有ったがその倅も尼子を滅ぼす戦の最中に失った。もう八年になるか。早いものよ……。

尼子を滅ぼした時は七十になっていた。山陽、山陰に大きな敵は居なくなっていた。兵を東に進めれば京の都が見えたかもしれん。……無理だ、やはり天下は望めぬの。天下を望んでいれば毛利は何処かで大怪我をしていただろう。天下を望まなかったからこそ今の毛利が有るのだ。そう思うしかない。

「寂しい事よ」

時が無かった。天下を望めるだけの身代になっても時が無かった。倅を失った事で勝負を掛けられる状況ではなくなっていた。惨めなものよ、儂は戦わずして自らの負けを認めざるを得なかったのだ。天下獲りの夢を見る事すら許されなかった……。

運に恵まれぬ、そう思った。廻りは儂の事を強運の人と呼ぶ。六十を過ぎて大領を得た、その事を言っているのであろう。だが大領を持っても何も出来ぬとなれば大領を持つ事に意味が有ろうか？　何の意味も有るまい。むしろ持て余すだけよ。

二十年遅かった。二十年早く今の身代になっていれば天下を目指せた。だがその二十年を儂は大内と尼子に頭を下げ続けた。已むを得ぬ事では有る、そうしなければ生き延びる事は出来なかったであろう。だが何と惨めな事か……。儂の事を忍従の人と呼ぶ者も居る。褒めているつもりか？　忍従など惨めなだけよ。頭を下げる事が楽しい者などおるまい！

「羨ましいのう」

羨ましいのじゃ、朽木大膳大夫基綱《だいぜんだゆうもとつな》。汝《うぬ》は儂が得られなかった物、欲しいと思う物を持っておる。若さと天下獲りの夢じゃ。

「憎いのう」

憎いのじゃ、朽木大膳大夫基綱。汝は儂が嫌というほど味わってきた屈辱の味を知るまい。あの苦く胸の奥に澱《よど》む様な思い……。

「羨ましゅうて、憎うて適わぬわ。汝が眩しいのじゃ、眼を開けて見る事が出来ぬ。まるで御日様の様じゃ。汚してやりたいほどに眩しいのじゃ……」

呻き声が出た。この年寄りの心にこんなにもどす黒い、粘つく物が有ったか……。未練じゃのう、毛利陸奥守元就。未練じゃ。七十を越え大領を得、死が間近に迫っても嫉妬にもがき苦しむとは……。だが無理も無い、儂は己の一生に満足しておらんのじゃ……。

永禄十四年（一五七一年）　五月下旬　　安芸国高田郡吉田村　　吉田郡山城　　毛利元就

「大膳大夫は北畠一族を誅殺したそうにございます」

「そうか」

右衛門督の顔が強張っている。今日は一人だ、叔父達は居らぬ。先日の件で少しは考えたらしい。

「如何した？　顔色が良くないが」

「北畠一族を誅殺する必要が有ったのかと。長島の一揆勢を潰した以上、北畠一族には何も出来ますまい」

「根切り、誅殺。大膳大夫を残虐な、酷薄な男だと思うか？」

右衛門督が頷いた。

「儂も井上河内守とその一族を誅殺したぞ」

「それは河内守が増長し御爺様を蔑《ないがしろ》にするような行為が有ったからだと聞いております」

「ならば北畠にも似た様な行為が有ったのだろうよ」

「……」

不満そうな表情だ。納得はしていない。

「思う事が有るなら申してみよ」

「北畠は大和の義昭様の仲介で大膳大夫に降伏し和睦を結んだと聞きます。それを誅殺するのは……」

「だから誅殺したのだ」

右衛門督が眼を見開いている。驚いているか、だから足りぬのだ。不安なのよ。

「負けたのなら素直に降伏すれば良いわ。誰ぞに仲裁を頼むのなら大膳大夫よりも下の者に頼むべきよ。大膳大夫としてもその方が受け入れ易い。それを大和の義昭様を頼った。大膳大夫にしてみれば無理やり和睦を飲まされたように思えたかもしれぬ。そうは思わぬか」

「……そうかもしれませぬ」

小さい声だ、納得しておらぬらしい。

「なによりこれから先朽木に負けた者が義昭様を頼る様になれば厄介な事になるとは思わぬか？」

「厄介な事、と申されますと？」

訝《いぶか》しげな表情をしている。思わず拳《こぶし》を握りしめた。もう少しで阿呆と怒鳴りつけるところであったわ。

「朽木の中に大膳大夫よりも大和の義昭様を重く見る者が増えるであろうが！」

「！」

また驚くか、大概にせい！

「能登の一件も有ったからのう」

「畠山でございますか？」

「そうじゃ、あれも義昭様の御意向であった。大膳大夫は余計な口出しをすると思ったであろう。畠山を潰したのは義昭様への警告よ、余計な口出しをするなとな」

「では能登の一揆は……」

顔色が悪い。

「政が悪かったのは事実であろうが煽った者が居たのであろうよ」

「……」

右衛門督が怯えたように儂を見ている。儂が怖いか？　それとも怖いのは大膳大夫か？　だがの、乱世を生きるとはそういうものよ。いかなる手段をとっても勝つ！　そこには善も悪も無いわ。勝って生き延びる事が全て、そのためには機を捉えれば躊躇《ためら》う事無く敵を謀《たばか》り屠《ほふ》らねばならぬ。そしてその屍肉を喰わねばならぬ。それが出来なければ自らが滅ぶわ。あの男はそれが出来る。だから近江の国人領主から大領の主になれたのよ。

「まあ義昭様も懲りぬ御方よな。北畠の件でも口を出したのだからの。余程に朽木が目障りだと見える」

「義昭様は朽木を頼りにしているのではございませぬか？」

右衛門督が訝しげな表情をしている。可笑しくて笑い声が出た、涙が出そうじゃ。何も分かっておらぬ。やはり天下は無理だ。右衛門督では利用されるだけで終わるだろう。

「あまり大きくなられては困るという事よ。抑え付け飼い馴らそうと必死だったが無駄であったな」

「……」

「北畠の誅殺はな、北畠が義昭様を頼った時点で、義昭様が口を出した時点で決まっておったのよ。北畠《ばか》が自ら命を縮めたわ」

「大和の義昭様は御怒りにならぬでしょうか」

可笑しくてまた笑い声が出た。右衛門督が呆然と儂を見ている。

「本当に何も分かっておらぬのう。伊勢が落ち着いた以上上洛も間近、文句を言うなら上洛は出来ぬと言えば良かろう。義昭様から折れざるを得ぬ」

「……」

必死に咀嚼《そしゃく》しようとしておる。飲み込め、飲み込むのじゃ。

「分かるか？　右衛門督。だから今なのじゃ。長島を潰し後顧の憂いが無くなった今、上洛に取り掛かれる今、北畠を潰した。潰しても何処からも苦情は出ぬ、義昭様も口を噤《つぐ》まざるを得ない状況になったから潰したのじゃ」

「……この時を待っていたと……」

「そうよ、この時を待っていたのよ。朽木も急速に大きくなったからの。内を引締めるという狙いも有ったかもしれぬ。中々にやりよるわ」

やりよる、上洛の前に内を引き締めるとはなかなかのものよ。義昭様に近付く事で利を得ようとする者は居るまい。

「義昭様は、御認めになるでしょうか？」

「上洛がかかっておるのじゃぞ」

未だ分からぬのか、と思ったが右衛門督が首を振りながら〝そうではありませぬ〟と言った。

「義昭様は朽木を御認めになるのでしょうか？」

……なるほど、それか。

「分からぬの、今は認めるであろうが上洛の後は……」

認めぬかもしれぬ。いや認めぬだろう。その時は必ず周辺の大名に文を出す筈。となれば……。

右衛門督が深刻な表情をしていた。


永禄十四年（一五七一年）七月上旬　　安芸国高田郡吉田村　　吉田郡山城　　毛利元就

枕元に一族の者達が集まっている。儂もとうとういかぬわ。一度意識を失ったらしい。天井もはっきりとは見えなくなった。迎えが其処まで来ておる。

「朽木は、如何した？」

「畿内では朽木が動くともっぱらの噂だとか。義助様、義昭様、いずれも味方を集めるのに必死でございます」

そうか、とうとう上洛か。羨ましいのう、大膳大夫。

「申し残す事が有る。近う寄れ」

皆が寄った。顔が良く見えぬ。傍に居るのは右衛門督、駿河守、左衛門佐か……。

「……改めて言っておく。毛利は天下を競望してはならぬ」

「はい」

この声は右衛門督か。

「毛利が五ヶ国十ヶ国を手に入れられたのは時の運であり、これ以上望むべきではない。良いな」

「確と承りました」

これで良い、これで。天下は望めぬ以上毛利の存続を図らねばならぬ。二、三カ国残れば上々の首尾よ……。儂の一生は何だったのかのう。何のために人を謀り国を獲ったのか……。所詮は生きているという実感を得るための自己満足であったのかもしれんの。何とも惨めな事よ。……羨ましいのう、大膳大夫。……眩しいのう、大膳大夫。だから汝が憎いのよ。憎うて憎うて適わぬわ……。


永禄十四年七月上旬、毛利陸奥守元就、死す。享年七十五歳。戒名洞春寺殿日頼洞春大居士。智勇に優れ隠忍自重の人なり。弱小領主の次男として生まれながら一代で大内、尼子を滅ぼし山陽、山陰を制する。天下無双の英雄なり。諸人皆その死を悼《いた》む。

老雄
～島津貴久～

あふみのうみ
みなもがゆれるとき

淡海乃海 外伝

戦国時代の島津氏は琉球と密接に絡んでいます。
面白いのは最初は琉球の方が立場が上な事ですね。
の辺りを紋船を使う事で書いてみました。
最後の琉球王の死については自分の妄想です。
淡海乃海の世界での歴史ミステリーですね。

永禄十四年（一五七一年）六月下旬　　薩摩国川辺郡武田村　　加世田城　　島津貴久

今年で五十八か、良うも生き永らえたものよ。こうして臥所《ふしど》で薬湯を飲んでいるのが不思議でならぬ。後如何程生きられるかな？　長くはあるまい。しかし悔《く》いはない、儂は十分に生きた。胸を張って言える、儂は十分に生きたのだ。その事を否定する者はおるまい。しかも畳の上で死ねるのだ、これ以上の贅沢《ぜいたく》は無かろう。安らかに死んでいける筈《はず》だ。

父、日新寺殿は島津の分家である伊作家のお方であった。その後同じく分家であった相州家を継いだ。儂はその嫡男《ちゃくなん》、本来なら島津本家の当主になれる男ではなかった。だが島津本家に養子として迎えられ本家を継いだ。あの時は未だ十代の前半であったな、本家を継ぐと同時に元服して貴久と名乗った。晴れがましかった。愚かにも儂は本家を継ぐ事で起きる混乱を十分に理解していなかった。

儂が本家を継いだ事で当然だがその事に反発する者が現れた。酷いものだった、ある時は身一つで逃げなければならぬ程に追い詰められた事も有った。父、日新寺殿と共に戦に戦を重ね或《あ》る者は討ち或る者は抑え漸く国内を統一した。地獄の様な日々であったわ。今こうして薬湯を飲んでいるのが不思議でならぬ。良く生き残ったものよ。

島津本家代々の当主が任官されてきた修理大夫《しゅりだゆう》に補任され、幕府及び朝廷から守護として正式に認められたのは天文二十一年であった。儂はもう四十になろうとしていた。二十五年程は身内で争っていた事になる。何とも無益な戦であったな。いや無益以上に無駄であった。あの二十五年をもっと有意義に使えればと何度も思う。この薬湯以上に苦いわ。そして薬湯は香ばしいがあの二十五年は思い出す度に血生臭さが漂う。

薬湯を飲んでいると外から声が掛かった。

「父上、修理大夫でございます。宜しゅうございますか」

「修理大夫か、遠慮は要らぬ。入って良いぞ」

倅《せがれ》、島津修理大夫義久が戸を開けて背を屈めるようにして入って来た。傍《そば》に坐《すわ》りじっと儂の顔を見る。

「御加減は？」

「悪くない、そう心配するな」

笑いながら窘《たしな》めると倅が苦笑を漏らした。武将らしくない色白の倅が苦笑すると穏やかさが周囲に漂った。人を和ませる気を持つ男じゃ。良い当主になるであろう。父、日新寺殿は三州の総大将たるの材徳自ら備わると評しておった。真、その通りよな。

この倅の下に次男又四郎義弘、三男又六郎歳久、四男又七郎家久がおる。いずれも自慢の息子よ。又四郎は雄武英略を以《もっ》て傑出《けっしゅつ》し、又六郎は始終の利害を察するの智計並びなく、又七郎は軍法戦術に妙を得た。父、日新寺殿は眼を細めて喜んでおった。この三人が修理大夫を支えて行けば島津は安泰じゃ。そう思っていたのだが……。

「如何した、何か用か。ここまで来るとは尋常ではないが」

倅が居城の内城から隠居所まで訪ねてきた。昨年、家督を譲った。当主としては隠居を訪ねるなど出来るだけ避けねばならぬ事。それが分からぬ倅ではない。何事かが起きた。先程訪ねてきた時もじっと儂の顔を見た。儂の加減を見たのではない、相談出来るか否かを確認したのであろう。弟達には相談出来ぬ事か……。薬湯の入った茶碗を置いた。

「琉球か」

倅が頷いた。やはりこれか。頭の痛い事よ。

「紋船《あやふね》は来ぬか」

「渋っております。紋船は代替わりに出す物ではないと」

「尚元ももったいぶる事よ」

思わず口調が苦くなった。倅も渋い表情をしている。

「奄美に兵を出すそうで」

「奄美か」

倅が頷いた。

「親征だと聞きました」

親征、尚元自ら兵を率いるか。琉球側は尚元の親征を理由に時間を稼ぐつもりであろう。その間に有耶無耶に終わらせるつもりだ。


「退く事は出来んぞ」

倅が〝分かっております〟と頷いた。

「島津家は薩摩、大隅、日向の三州守護職に補任される家なのだ。今は大隅の一部が従わず日向は伊東に盗まれておるが必ずや取り返さなければならぬ。退く事は出来ぬ」

「はい」

「紋船は新たな三州守護に対しての慶賀の船だという事を忘れるな」

倅が頷いた。


儂が領国を統一し修理大夫に任じられた時、琉球に紋船の派遣を求めた。領内を纏めた、幕府から認められたとはいえ儂の権威は十分ではなかった。儂の権威を確立するには異国である琉球に儂を認めさせるのが一番であった。あの時は七年かかって漸く紋船の派遣が実現した。尚元が即位し冊封の為に日本の商人を琉球に集める必要が生じたからであった。そして倭寇を防ぐため。そのための譲歩、決して儂を認めたからでは無かったがそれでも構わなかった。琉球王が儂を三州守護職として認め紋船を送ったのだという事にした。なればこそ修理大夫にも紋船を送らせねばならぬ。

「手は有るか？」

「大隅を制するくらいしか有りませぬ」

倅が苦い表情をしている。

「そうよな。大隅を制すれば島津は二州を制する事になる。琉球も無視は出来ぬ。しかし日向に伊東が居る以上、琉球は紋船を出す事を渋ろう。薩摩、大隅から船が出ずとも日向から船が出る」

倅が頷いた。

琉球は交易で成り立つ国だ。そして島津はもっとも近い場所に居る相手でもある。となれば島津の機嫌を損ねる事は出来ぬと分かっておろうに……。琉球は格上、島津の機嫌など取れぬと考えているのかもしれぬな。或いは日向の伊東への配慮か。伊東も琉球とは熱心に交易している。だとすれば幾ら口で言っても琉球は紋船を出すまい。厄介な事よ、なんぞ手を打たねばならぬが……。溜息が出そうになって堪えた。

「父上、今一つ気になる事が」

倅の顔が緊張している。はて、真に相談したいのはこちらかもしれぬ。

「……申して見よ、伊東か？　それとも禰寝《ねじめ》、肝付《きもつき》、伊地知《いぢち》と戦が始まるのか？」

「いえ、伊東では有りませぬ。禰寝、肝付、伊地知も違います。朽木が、琉球に船を出そうとしております」

「朽木？」

一瞬何の事か分からなかった。倅が頷く姿を見ながらまさかと思った。

「朽木とは上方の朽木か？」

「はい」

「……」

「土佐の一条が声を掛けたようで。土佐一条家の本家は京の一条家でございますがそこに朽木大膳《だいぜん》大夫《だゆう》の従兄妹が嫁いでおります」

「……」

何故朽木が？　土佐の一条が声を掛けたと言うが本当にそれだけなのか？

「見返りは土佐一条家への援助、長宗我部が勢力を強めておりますからそれを防ぐためでしょう。既に鉄砲三百丁が土佐に送られたと聞きます」

「……」

「琉球も大分期待しているようです。あそこは蝦夷《えぞ》地と取引しておりますから……」

琉球も期待……。

「仕組む？」

倅が首を傾げている。

「違うぞ！　修理大夫！」

思ったより強い声が出た。倅が驚いている。

「土佐の一条ではない。仕組んだのは琉球であろう」

「ええい、表だけを読むな、裏を読め、裏を。朱印状が絡んでおるとは思わぬか！」

「朱印状？　琉球渡海朱印状でございますか？」

「そうだ」

いかん、倅は分かっていない。未だ訝しげな表情をしている。

「良いか、琉球渡海朱印状はその方が島津領内の国人領主に下す朱印状じゃ。それを持つ者のみが琉球に船を出す事が出来る。琉球はそれを持たぬ島津の国人領主とは交易をせぬ」

「はい、島津本家の権威を高め、国人領主への統制を強めるためのものにございます」

「今はな、今はそうじゃ。だが島津の領国が広がれば如何なる。琉球に行く船はそなたの匙加減一つで増える事にもなれば減る事にもなる。そうは思わぬか？」

倅が〝確かに〟と言って頷いた。

「ここ近年、島津と伊東は争うておる。飫肥《おび》では敗れたが真幸院では互角以上の戦いよ。のう、修理大夫。これを琉球が如何見たと思う。島津が徐々に外に出始めた。三州守護は建前では無くなりつつある、琉球がそう思ったとしたらどうじゃ」

「……」

修理大夫が眉を顰《ひそ》めている。儂が家督を譲ったのが五年前、そして後見を止める事で正式に修理大夫が島津家の当主になった。島津は紋船の派遣を要請した……。五年前から琉球は動いていたのかもしれぬ。

「此度の紋船の事も考えて見よ。島津が徐々に琉球に対して高圧的になって来た、そう判断したとは思わぬか？」

「……だから朽木を……」

「そうよ、琉球は十年後、十五年後を見たのよ。島津が三州を支配し交易で圧力を掛けてもそれに耐えられるだけの相手を必要とした。土佐の一条が朽木を誘ったと言うが真実は分からぬぞ。琉球が一条に新たな交易相手を探す様に頼んだのかもしれぬ」

「なるほど」

漸《よう》く腑《ふ》に落ちたらしい。倅が頷いている。それにしても朽木か。厄介な相手を引き摺《ず》り込んだわ……。


「朽木大膳大夫、未だ若かったな？」

「はい、又七郎よりも二つ程年下だったかと思いまする」

となれば未だ二十二か三と言ったところか。若いわ、だが既に大領の持ち主、しかも自らの手で切り取ったとなれば油断は出来ぬ。蝦夷地とも交易をしているとなれば交易にも煩いのであろう。いずれは琉球と島津の間に割り込んで来るやもしれぬ。いや、既に割り込んでいると見るべきだ。島津が琉球に圧力を掛ければ琉球は朽木を頼るという構図が出来てくる……。


「上洛の話は如何なった」

問い掛けると修理大夫が曖昧な表情をした。

「良く分かりませぬが十月に上洛戦を行うそうにございます」

「十月か、勝つか？」

「朽木が有利だと聞いております」

朽木が有利か、上洛が成れば朽木の勢威は更に強まろう。幕府も大膳大夫の意向を無視は出来ぬ。となれば琉球の件で朽木と島津が対立しても幕府は島津の味方には付くまい。何と言っても九州は遠い、朽木は直《す》ぐ傍に居る。幕府は島津を無視は出来ても朽木を無視する事は出来ぬ。最悪の場合、伊東と朽木が組んで島津を抑えにかかるやもしれぬ。

厄介な事になった。如何する？　朽木が船を出すとなれば益々紋船が派遣される可能性は低くなる。それは新当主修理大夫にとっては当然だが望ましくない。正攻法で押すだけでは紋船の派遣は難しかろう。となると手荒く行くしかないが……。あの時は偶然だった、今度は必然か。それも已むを得ぬか……。


「尚元は奄美に兵を出すと言ったな」

「はい」

「親征か」

「はい」

「勝てるかな？」

「……」

「討死などせねば良いが……」

「……父上」

倅が妙な表情で儂を見ている。儂の謎かけが分からぬらしい。まだまだよな、気が付けば低い笑い声が出ていた。修理大夫の顔が強張った。

「紋船を出したくないか、ならば出さざるを得ないようにするのも一手よ。それ、軍略でも同じであろう。兵を出したくないと思う相手に無理やり出させ、それを叩く」

「故に我戦わんと欲すれば、我と戦わざるを得ざるは、その必ず救う所を攻むればなり……、孫子でございますか」

頷く事で答えると修理大夫が二度、三度と頷いた。

「弱点を突けば必ず敵は出て来る。琉球の弱点は交易と琉球王の面子よ。その二つが交わるのが冊封使……」

「……」

「琉球に冊封使が来たとき、商船が集まらねば琉球王は面目を失う。必ずやそれを避けようとする」

倅がジッと儂を見た。

「されば尚元を」

「皆まで言うまいぞ、修理大夫」

笑いながら窘めると倅が面目なさそうな表情をした。

「ま、後はその方の覚悟次第よ。無理強いはせぬ。儂は隠居だからの」

「御助言、有難うございます」

「うむ」

隠居しても人を殺せか……。血生臭さは何処までも追って来るわ。いや儂が血生臭さを振りまいているのかもしれぬ。罪深い事よ。

永禄十四年（一五七一年）　七月中旬　薩摩国川辺郡武田村　加世田城　島津義久

「修理大夫」

「はっ」

「紋船は来たか」

臥所に横たわる父の言葉に思わず弟達と顔を見合わせた。昨日から父は意識が途切れるようになった。時折譫言を言う事も有る。もう長くはないと医師も言っている。如何受け取れば良いのか……。弟達も困惑している。


「如何した？」

父が私を見ている。眼に強い光が有る。嘘は吐けぬと思った。

「はっ、未だ来ませぬ。なれど手は打っております。必ずや紋船は来ましょう。ご案じなさいますな」

「そうか、紋船は三州守護に対しての慶賀の船、必ずや派遣させよ」

「はっ」

改めて思った。父の言うとおりだ、必ず派遣させねばならぬ。

「大隅を征し、伊東を討て。旧領を回復せよ」

「必ずや成し遂げまする」

又四郎、又六郎、又七郎もそれぞれに旧領回復を誓った。父が満足そうに頷いた。

「されば心残りは無し、さらばじゃ」


永禄十四年七月中旬、島津陸奥守貴久、死す。戒名南林寺殿大中良等庵主。弱年にして島津本家を継ぎ混乱する薩摩を統一す。島津勃興の基を作った人なり。子に四人の男子有り。義久、義弘、歳久、家久、いずれも陸奥守の死に旧領三州の回復を誓う。享年五十八歳。

永禄十五年五月中旬、琉球王尚元死す。享年四十四歳。神号日始按司添《しんごうてだはじめあんじおそい》。琉球王国第二尚氏王統第五代国王。一説に曰く、王の死は前年に行われた奄美大島へ親征時に受けた負傷が原因であると。また、その死は永禄十五年では無く十四年であると。真偽は不明なり。

邂逅

あふみのうみ
みなもがゆれるとき

淡海外伝

山内伊右衛門と山口新太郎、
この二人は外様で朽木家に仕えた最初の二人です。
この二人を通して高島七頭を攻め滅ぼした直後の
朽木が周囲からどう見えたのか、
そして朽木を取り巻く環境がどうだったのかを書きました。

永禄三年（一五六〇年）　四月中旬　　近江高島郡今津村　　山内一豊《やまうちかつとよ》

疲れたな、そろそろ日が暮れる。

「三郎左衛門《さぶろうざえもん》、勘左衛門。そろそろ今夜の宿を探さねばなるまい」

「寺で良いのではござりませぬか？」

「三郎左衛門の申す通りにござる。ここに来るまでに幾つか寺を見ました。この地は寺が多うござる。次に見つけた寺に宿を頼みましょう」

五藤三郎左衛門、祖父江勘左衛門の二人が寺が良いと言った。昨日は野宿だったからな。屋内で寛《くつろ》ぎたいのであろう。

「そうだな、そうするか」

同意すると三郎左衛門と勘左衛門が嬉しそうに頷いた。二人には苦労を掛ける。山内家が没落したにも拘わらず、若い俺を殿と呼んで支えてくれる。有難い事だ。何とか良い所に仕官せねば……。

そんな事を考えながら三人で歩いていると先に寺が見えた。

「寺だな」

「はい、寺の様で」

「結構大きいようですぞ」

「あれにするか」

「そう致しましょう、某が頼んで参りまする」

そう言うと三郎左衛門が足取りも軽く走り出した。さっきまで疲れた顔をしていたのにと思うと可笑《おか》しかった。その後を勘左衛門と歩いた。

「上手く行くと良いな」

「まあ大丈夫でしょう。三郎左衛門は顔付きが穏やかなれば恐れられる事は有りませぬ」

「勘左衛門とて怖い顔では有るまい」

「殿も怖い顔ではありませぬなあ」

勘左衛門が笑った。余り嬉しくは無い。武者ならば恐れられる顔付きになりたいものだ。そうでなければ仕官にも差し障りが有る。頼りないと思われては……。しかし盗賊ではないかと疑われて寺に宿を断られるよりはましか。

暫《しばら》くして三郎左衛門が戻って来た。少し時間がかかったな、不調だったのだろうか。

「如何《いかが》であった?」

「はあ、既に三人程先客がございまして一緒で良ければと」

「先客が三人か。庫裏は広いのかな?」

「六人でも十分に寛げましょう。銭を払えば夕餉《ゆうげ》も用意して貰えるとの事にございます」

三郎左衛門は乗り気だ。勘左衛門に視線を向けると頷いた。

「良し、そこにしよう。何という寺だ?」

歩きながら問うと曹沢寺《そうたくじ》という名の寺だと三郎左衛門が答えた。曹洞宗《そうとうしゅう》の寺らしい。

「百五十年程前に建てられたようですな。なかなか由緒有り気な寺と見ました」

「そうか、ならば急ごうか」

「はい」

足を速め寺に向かった。夕餉の心配が要らないのは有難い。先程まで有った疲れは消えていた。

寺に着くと若い僧が対応してくれた。出身は尾張だと言うと先客も尾張の人間だと教えてくれた。はて、もしかして知っている人間か？　三郎左衛門は先客の素性は確認しなかったらしい。素直に不思議がっている。銭を払い庫裏に案内してもらった。

「この辺りは寺が多いようですが？」

問い掛けると僧がニコリと笑みを浮かべた。

「はい、この今津は海津、塩津浜と並んで湖北三津と称されて賑わっております。それ故でございましょう」

「湖北三津」

「淡海乃海を使って敦賀と大津を結ぶのです。多くの船が荷を運んでおります」

「なるほど」

湊町《みなとまち》なのだ、豊かに栄えているのだろう。近江は海は無いが湖が有るのだと思った。

庫裏に付いた。先客の三人の内一人は俺と同年代だった。この男が主らしい。そして供の二人は三十代前半に見えた。三郎左衛門、勘左衛門とほぼ同じ年頃だ。彼らは庫裏の右側に居る。左側はこちらと言う事だろう。多分俺と同じだな、士官先を探しているのだろう。この若さで供が二人いるというのはそれなりの家の人間の筈だ。案内してくれた僧が今夕餉を持って来ると言って去った。

どうやら先客三人も夕餉は未《ま》だのようだ。空けてくれた左側に座った。

「某は山内伊右衛門一豊と申しまする。生国《しょうごく》は尾張にござる。共に居りますのは五藤三郎左衛門浄基、祖父江勘左衛門政直、某の家臣にござる」

三郎左衛門、勘左衛門が軽く頭を下げた。相手が微かに眼を見開くのが分かった。生国が尾張と聞いて驚いたのだろう。

「某、若年なれば何かと御迷惑をおかけするやもしれませぬ。御許し頂きとうござる」

「御丁寧な挨拶、痛み入りまする。某は山口新太郎教高《やまぐちしんたろうのりつぐ》にござる。某も生国は尾張、不思議な御縁ですな。これは萩原助九郎継久、水越十兵衛継保、両名とも某の家臣にござる。弱年なのは某も同じにござれば良しなに願いまする」

向こうが頭を下げたのでこちらも頭を下げた。山口か、尾張の山口……。まさかな。

「もしかすると夕餉をお待たせ致しましたか？」

問い掛けると山口殿が微かに笑みを浮かべた。

「いや、こちらから一緒にと頼み申した。食べているところをじろじろと見られるのは気持ちの良い物ではござらぬ」

「お気遣い頂き忝い《かたじけない》」

悪い相手ではない様だ。

夕餉が来た。とろろと麦飯と味噌汁、それに蓮根《れんこん》、蒟蒻《こんにゃく》、筍《たけのこ》等が入った煮物。それから梅干し、山菜の入った小鉢が幾つかあった。とろろは今の時期だと長芋だろう。精進料理だ、魚鳥の肉は無いが味付けはしっかりしていて美味い。一つ一つゆっくりと噛み締めて食べた。

食べ終わると僧が何人か現れた。我らの膳《ぜん》を片付けて行く。そして大きな薬缶と湯呑茶碗を乗せた盆を二組置いて行った。随分と手際が良い、慣れているのやもしれぬ。勘左衛門が湯呑の用意をしようとすると向こうも萩原助九郎が同じように湯呑の用意を始めた。

「はて、これは……」

勘左衛門が首を傾げている。

「如何した、勘左衛門」

「これは白湯《さゆ》では有りませぬな。何かを煎《せん》じたものと思いまするぞ」

「ドクダミか、ゲンノショウコか、センブリであろう」

珍しくも無かろうに。そう思っていると勘左衛門が首を横に振った。

「いや、香りが違いまする」

「焙《ほう》じ茶でござろう。近年、直ぐ近くの朽木で作られたと聞いております。畿内を中心に広まっているとか」

山口殿だった。焙じ茶？

勘左衛門から湯呑を受け取った。濃い液体が入っている。確かに香りが違う。

「これが焙じ茶でござるか。噂には聞いておりましたが味わうのは初めてにござる」

「某は一度だけ味わい申した。なかなか美味い。この辺りでは珍しくも無いのかもしれませぬな」

「なるほど」

一口飲んだ、美味い。三郎左衛門、勘左衛門も美味いと言っている。とろろの所為で口の中に有った粘りが洗い落とされてゆく。何とも心地よい美味さだ。このような美味い物が有ったのか……。

「ところで、山内殿は尾張の方とお聞きしましたが尾張の何処《いずこ》の方かな？」

「某の父は岩倉の織田に仕えておりました」

俺の言葉に山口殿が〝岩倉〟と呟いた。

「では山内但馬守《たじまのかみ》殿の御一族か」

「但馬守は父にござる」

「なんと……」

驚いている。山口殿だけでは無い、萩原助九郎、水越十兵衛の二人も驚いていた。

「山口殿も尾張の方と聞いておりまする。失礼ながらどちらの？」

「某は鳴海の山口にござる」

やはり鳴海の山口か。三郎左衛門、勘左衛門も頷いている。予想していたのだろう。

「では鳴海城の山口左馬助殿の御一族であられるか」

「左馬助は父にござる。某は二男、あの一件で父、兄を殺され某は逃げ申した」

「なんと……」

二人で顔を見合わせた。

父但馬守は岩倉城の織田伊勢守様に仕えた。だが岩倉織田氏は織田上総介信長によって滅ぼされた。父も上総介との戦で死んだ。そして鳴海の山口は織田上総介から今川に乗り換え、上総介の謀略によって今川に殺された。上総介に絡んで家を滅ぼされた二人が近江で出会うとは……。

「山口と聞いてもしやと思いましたが……」

「某も山内と聞いて同じ事を思い申した」

「まさかここで出会うとは」

「不思議な事ですな」

気が付けば二人で笑い声を上げていた。妙な気持だった。

「山内殿は仕官先を探しておいでかな？」

「如何にも、山口殿も？」

「同じにござる。某は伊勢から南近江を廻《まわ》り申した。御手前は？」

「某は美濃から越前、そして北近江に」

〝ほう〟と山口殿が声を上げた。

「山口殿は北近江は廻られなかったので？」

「某は南近江から船で竹生島に参詣し今津に来たので……」

「左様でござるか」

これまで同じところを廻っていない。偶々此処で一緒になるとは……。

「如何でござろう、山内殿、これまで廻った所の話をしませぬか。互いに得る所は有ると思うが」

「良い御考えと思いまする。某から話しましょう、先ずは美濃から」

「では次に某が伊勢を。交互に参りましょう」

なるほど、互いに話をする事で一方が損をする事が無いようにという事か。

「美濃は良くまとまっておりますな。一色治部大輔様は名君といって宜しゅうござろう。なれど外に出て領国を広げようとの御考えは余り無い様に見受けました。理由はお分かりでござろう」

山口殿が頷いた。

「道三入道殿の事ですな?」

「如何にも。一色家は下剋上で美濃を奪いました。今の美濃は纏《まと》まっておりますが無理をすれば国内の国人衆から不満が出ると恐れているのではないかと思います。外に出て他国を獲るという無理は好まぬのでしょう」

山口殿がまた頷いた。

「一色家は仕官には向きませぬか」

「領地が広がらぬとなれば仕官は出来ても御加増は期待出来ぬのではありませぬか」

「左様ですな」

「それに御嫡男、喜太郎様の評判が必ずしも良くござらぬ。それらを考えると……」

「なるほど」

山口殿がまた頷いた。表情は暗い。最初は美濃で仕官も良いかと思った。だが三郎左衛門、勘左衛門に美濃は先行きが暗いと言われた。今だけでは無く将来《さき》も見ろと。喉《のど》が渇いた、一口茶を飲んだ。

「良いお話を伺いました。では某から伊勢の事を」

「お願い致しまする」

「伊勢は大きく分けて南には北畠、中には長野、そして北には国人衆が割拠しております。そして長野には北畠から養子が入り当主となっている。一見すると伊勢は北畠が統一しそうにも見えまする」

確かに、その通りだ。

「統一しましょうか？」

問い掛けると山口殿が首を横に振った。

「昨年、長野が北伊勢の赤堀、関を攻めましたが敗れました。当主の長野次郎は未だ十歳にもなりませぬ。それゆえ戦の指揮は隠居の大和守が執《と》ったのでしょう。北畠は大和守を不甲斐無しと責め長野は北畠の援助が足りぬからだとお互いに非難しております。そのため北畠から長野に入った養子も微妙な立場だとか。今のままでは長野家を纏めきれますまい。北畠と共に伊勢を北上して統一するのは難しゅうござろう」

「……」

「北伊勢は国人衆が割拠しておりますがそこから抜け出して北伊勢を纏めるような人物が現れればとは思いまするが……」

山口殿がまた首を横に振った。

「居りませぬか？」

「某が見る限りでは居りませぬ。それに北伊勢には六角氏の力も及んでおりまする。そのような動きが見えればすぐさま潰しにかかりましょう」

北伊勢は駄目か、三郎左衛門、勘左衛門が顔を顰《しか》めている。大きくなる人物が居ればそこに仕官するのも良いのだが……。

「北伊勢で気になったのは一向門徒の事でござる。長島を押さえておりますが徐々に北伊勢に影響力を強めております。注意が必要でござろう」

「なるほど」

「某が伊勢に付いてお話出来るのは以上でござる。伊勢も仕官には向きませぬ……」

残念そうな口調だ。伊勢は尾張に近い。織田上総介と戦える勢力を北伊勢に求めたのかもしれない。話をして喉が渇いたのだろう、山口殿が茶を飲んだ。

「では越前の話を致しましょう」

「お願い致しまする」

「結論から言えば越前も仕官には向きませぬ」

山口殿の顔が曇った。

「朝倉氏の名臣、朝倉宗滴殿が亡くなられたのは五年前の事でござる。ですがそれ以降、越前朝倉氏の武威は振るいませぬ。加賀の一向門徒との戦も宗滴殿存命中は朝倉氏が押しておりましたが今では一向門徒の攻勢を防ぐのが精一杯の有様にござる」

「将来《さき》は有りませぬか？」

「有りませぬな。朝倉を攻めようとする者が現れれば必ず加賀の門徒と手を結びましょう。そうなれば忽《たちま》ち朝倉が悲鳴を上げるのは見えております。今は敵が無いから宜しいが……」

「……乱世とは厳しいものですな、あの朝倉が将来が無いとは……」

厳しいと思う。朝倉と言えば嘗《かつ》ては天下に武を轟《とどろ》かせた家だった。それが今では全く振るわなくなっている。

「南近江は如何でございますか？」

「良く纏まっております。六角家は南近江を中心に北伊勢、伊賀、大和に勢力を伸ばしております。それに北近江の浅井家も六角家に従属している。畿内では三好家と並んで力のある大名でしょう。家臣も揃っている。六角左京大夫様は中々の御方の様です」

なるほど、朝倉家は勢いを失ったが六角家はその勢いを維持している。はて、山口殿は仕官を望まなかったのだろうか？

「某は仕官を望んだのですが条件が合いませなんだ。勢いが有る家には仕官を望む者も多い。某は若輩、初陣も済んでおりませぬ。どうしても向こうが出す条件は厳しくなる……」

悔しそうな顔をしている。家臣の萩原助九郎、水越十兵衛も同様だ。訊かなくて良かった。訊けば徒に山口殿を傷付けただけに終わっただろう。

「では某も仕官は無理ですな。某も初陣は済んでおりませぬ」

三郎左衛門、勘左衛門も沈痛な表情で頷いている。他人事では無い。勢いの有る家、力の強い家に仕官したい。だがそれは誰もが望み考える事でも有る。そして大名家は有能な実績のある家臣を欲しがる。俺も山口殿も決して条件は良くない。やはりそこそこの家に仕官し実績を積んでから有力な家に仕官すべきかもしれない。

「山内殿、北近江の事を教えていただけませぬか」

「北近江では浅井家が最大の勢力ですが浅井家は六角家に従属しております。果たして浅井家が大きくなれるかどうか……。あまり期待は出来ませぬ。それに当主の下野守様は内政に熱心なお方の様です」

「左様ですか。……浅井家も仕官には向きませぬな」

自分が浅井家の当主なら加賀の一向一揆と力を合わせて越前に攻め込む。浅井下野守にもそのくらいの覇気は欲しい……。

「北近江にはもう一つ気になる家が有ります」

「朽木ですな」

「はい、某はこれから清水山城に向かおうと思っております。仕官するかは決めておりませぬが朽木とは如何《いか》なる家かを知りたいと思いますので」

「某もでござる」

山口殿が笑みを浮かべている。

「共に参りませぬか?」

「共に参りましょう」

気が合う、二人で声を合わせて笑った。

朽木家は元々は高島郡の一国人領主に過ぎなかった。領地も一万石に満たない小領主だったと聞いている。だが今では高島郡の大部分を切り取り五万石程の身代になっている。未だ小さい、しかし勢いは有る。そして当主の竹若丸様は未だ元服前、先は長い。その辺りも期待出来る。明日は卯の刻に出立しようと決めて休んだ。

翌日、今津から清水山城を目指した。新太郎殿と話しながら歩く。三郎左衛門、勘左衛門も萩原助九郎、水越十兵衛と話している。いつもと違う話し相手が居るだけで心が弾んだ。互いに姓では無く仮名《けみょう》で呼び合う様になっていた。出来れば同じ家に仕えたいものだ。

「伊右衛門殿、あれではないかな？」

「そのようですな、新太郎殿」

新太郎殿が指差す先に城が見えた。かなり大きいようだ。暫く歩いていると三郎左衛門が〝妙ですなあ〟と声を上げた。

「如何した、三郎左衛門」

「いやあ、関が有りませぬ。城に近付いたというのに解せぬ事で」

皆で顔を見合わせた。

「確かに解せぬ事だ。関が無いのは有難いが……」

「真に」

銭を取られるのも嫌だが詮索されるのも煩わしい。関を廃しているのだろうか？　新太郎殿に訊ねたが首を傾げている。不思議に思いながら歩いていると音が聞こえた。ダダーン、かなり大きい。

「あれは？」

「はて」

二人で首を傾げていると萩原助九郎が〝鉄砲では有りませぬか〟と言った。

「朽木は鉄砲が有名でございます、調練をしているのではないかと」

また音がした。鉄砲？

「しかしな、助九郎。調練と言っても鉄砲は銭が掛かるぞ。鉛玉、火薬を用意せねばならん。あの音はかなり大きい。それに重なっている。一丁や二丁では無かろう。多数の鉄砲を揃えて調練など簡単には出来まい」

「それはそうでございますが……。なれどあの音は鉄砲の音の様に聞こえますぞ」

助九郎は自信無さげだ。水越十兵衛、三郎左衛門、勘左衛門も困惑している。

鉄砲は銭が掛かる。これまで廻った美濃、越前、北近江でも鉄砲の調練など見た事が無かった。その事を言うと新太郎殿も頷いた。新太郎殿も伊勢、南近江では鉄砲の調練を見ていないらしい。とにかく進もうという事になって清水山城を目指して歩き出した。

城に近付くにつれ音が大きくなる。そして商人と出会う事が多くなった。その事を新太郎殿に言うと新太郎殿も妙だと言った。気付いていたらしい。

「朽木は裕福だとか。伊右衛門殿、商人が集まるようですな。関も廃しているのでござろう」

「朝廷にも随分と献金していた筈。三千貫、いや四千貫とか」

「あれは鉄砲かもしれませぬな」

「確かに」

朽木は他の大名家とは違うようだ。関を廃し商人を集め鉄砲を揃えている。朽木竹若丸、一体どんな人物なのか。新太郎殿が足を止めた。俺も止めた。

「如何なされた、新太郎殿」

新太郎殿がじっとこちらを見ている。

「伊右衛門殿、某、朽木への仕官を願おうかと思っております」

萩原助九郎、水越十兵衛は無言だ。反対はしないという事なのだろう。

三郎左衛門と勘左衛門に視線を向けると二人が頷いた。

「某も同じ想いにござる。朽木竹若丸様、どのようなお方か興味がござる」

「気が合いますな」

「真に」

二人で声を合わせて笑った。そして歩く。二人揃って仕官出来ればと思った。

帰郷

朽木長門守と左兵衛尉の二人が
朽木に戻る場面です。
妙な話ですがこのSSを書く事で当時の幕臣達が
基綱を如何見ていたかを理解したような気がします。
そして二人の叔父達から
基綱が如何見えたかを書きました。

あふみのうみ
みなもがゆれるとき

淡海外伝《あふみがいでん》

永禄二年（一五五九年）　四月上旬　山城国葛野《かどの》・愛宕《あたご》郡　朽木藤綱《くつきふじつな》邸

故郷より文が二通届いた。一つは父、朽木民部少輔稙綱《みんぶしょうゆうたねつな》が寄越《よこ》した物。もう一通は朽木竹若丸、我らの甥《おい》にして朽木家当主が寄越した物。二通とも内容は同じだ。朽木に戻って親族衆として竹若丸を助けて欲しいと書かれてある。その文を前に兄弟四人が揃った。左兵衛尉《さひょうえのじょう》成綱、右兵衛尉直綱、左衛門尉輝孝、そして儂、長門守《ながとのかみ》藤綱。車座に座っている。各自の前には杯《さかずき》と徳利《とくり》、漬物が置いて有ったが誰も手を付けようとしなかった。

「如何《どう》思うか？」

問い掛けたが弟達からは反応が無い。三人とも俯《うつむ》いて考え込んでいる。

「無視は出来まい」

今度は反応が有った。三人が頷いた。朽木家が八千石の国人領主なら無視も出来よう。戻ったところで僅《わず》かな禄を貰うだけだ。親族衆とは言っても何の力も有るまい。幕府が立ち行かぬ事は分かっているがそれでも幕臣でいた方がましであろう。

だが今の朽木家は高島郡で五万石を領している。それを無視する事は出来ぬ。五万石ともなれば動かせる兵力は千五百を越えよう。おそらく、その中で百、或いは二百程の兵を預かる事になる筈だ。兵百ともなれば三千石の軍役に等しい。これまでの朽木家では有りえぬ事だ。

「戻るとなれば竹若丸殿とは呼べますまい」

左兵衛尉成綱の言葉に皆が頷いた。朽木家当主竹若丸、本家の主では有るがこれまで我らは朽木家の家臣ではなかった。幕府に出仕する者として対等以上の立場にあったが朽木家に戻れば主君として敬わなければならぬ。〝殿〟と呼ぶ事になる。


「不本意か？」

問い掛けると左兵衛尉は力無く首を横に振った。

「そうでは有りませぬ。力量のほどは十分に分かっております。ただ、こんな日が来るとは思っておりませなんだ……」

左兵衛尉の言葉に右兵衛尉直綱、左衛門尉輝孝の二人が頷いた。弟達の気持ちは分かる。不満よりも戸惑いがあるのだろう。朽木家が五万石を領するまでに大きくなったと言う事……。未だに信じられぬ。


八千石の国人領主が五万石を有するまでに勢力を拡大した。高島七党と呼称された高島家、田中家、平井家、山崎家、横山家、永田家は全て一息に朽木家に滅ぼされた。それを成したのが朽木竹若丸。未だ十一歳で有る事を思えば到底信じられぬ。だがその武名は京の都では知らぬ者が無い。そしてその財力も。四千貫の銭を使って公方様と三好家の間で和議を結ばせた事は今でも皆が口にする。常識では測れぬ相手なのだ。

一番下の弟、左衛門尉が漬物を口に入れた。音が響く。だが誰も何も言わなかった。左衛門尉も俯いて頬張っている。

「兄上、この後はどうなりましょう？」

右兵衛尉が問い掛けてきたが〝分からぬ〟としか言えなかった。

近江には大きく分けて四つの勢力が有る。六角、浅井、比叡山《ひえいざん》、そして朽木。朽木は一番小さい。しかも北は浅井、南は比叡山と大きな勢力に挟まれている。大きくなるには極めて不利と言ってよい。だが竹若丸は六角にも浅井にも服属しようとはしない。六角には朽木と同等以上の国人衆が服属しているにも拘らずだ。だからこそ近江で一つの勢力と皆から見なされている。しかしこれから先、勢力を伸ばせるのか？

「公方様には？」

「明日、お話しする」

左兵衛尉の問いに答えると皆が微妙な表情をした。

「反対はしますまい」

「当然だ。朽木家に影響力を発揮出来るのだからな」

左兵衛尉、右兵衛尉の言う通りだ。公方様が反対する事は無い。むしろ積極的に後押しするだろう。我らを朽木家に戻し我らを通じて朽木家との関係を強めようとする筈だ。そして朽木家を公方様の思う様に動かそうとする……。

「我らを使って朽木家を動かそうとすると？　朽木家は足利家に忠義の家ですぞ」

末弟の左衛門尉の問いに右兵衛尉が〝分かり切った事を訊《き》くな〟と苛立たしげに答えると左衛門尉が不服そうな表情をした。

「左衛門尉、朽木家はこれまで銭は有ったが兵は無かった。だがこれからは兵力も期待出来る。鉄砲もな」

儂の言葉に左衛門尉が渋々頷いた。八千石の朽木家なら兵力面では重視されなかった。だが……。

「例え公方様が躊躇《ためら》っても周囲の幕臣達がそれを勧めるだろう」

儂の言葉に皆が頷いた。公方様に兵力は殆ど無い。兵を集めようとすれば近隣の諸大名、国人衆に声をかけざるを得ぬという制約がある。朽木家は京の直ぐ傍に存在する。公方様が事を起こそうとすれば必ず朽木家の兵力を当てにする筈だ。自らの旗本として利用しようとするだろう。公方様が朽木家を見る眼はこれまで以上に熱いものとなる。

「若狭ですな、兄上」

左兵衛尉が問い掛けてきた。その通りだ、朽木の兵力を若狭で使いたがるだろう。若狭の武田氏が揺れている。武田治部《じぶ》少輔義統、公方様の妹姫を妻に迎えているが領内が治まらない。公方様は何度か朽木を使えぬかと口に出した。八千石の身代の頃からだ。五万石ともなれば……。

「気が進みませんな」

左衛門尉がボソッと吐いた。確かに気が進まない。場合によっては間者《かんじゃ》まがいの働きを要求される事もあるだろう。そして朽木家を危険に追い込む事になるかもしれない。我らが幕府内部である程度の存在感を示せるのも朽木本家が在ればこそなのだ。それを失いかねぬ。その辺り、父と竹若丸は如何見ているのか……。

「四人で戻りますのか?」

「それは許されまい。半分の二人であろう」

「そうですな」

右兵衛尉と左兵衛尉が話しながら複雑そうな表情をしている。四人全員で戻ると言えば公方様は自分を捨てるのかと疑うだろう。朽木家がもっと大身になれば別だが……。

「儂と左兵衛尉が京に残る。右兵衛尉と左衛門尉は朽木に戻ってくれ」

弟達が頷いた。

「確認しておこう。朽木家を潰してはならぬ。公方様の要求する難題を儂と左兵衛尉が防ぐ事とする」

左兵衛尉が頷いた。この役は若い右兵衛尉と左衛門尉に任せる事は出来ぬ。年長者の儂と左兵衛尉の役で有ろう。

「我らが防ぎきれぬ要求はその方らが防ぐ。年若く父や竹若丸殿を説得出来ぬ。そういう形で防ぐのだ。場合によっては公方様より叱責《しっせき》が届くかもしれぬ。だが耐えてくれ。朽木家の動向は三好家も注視している。八千石なら見逃して貰えた事も五万石なら見逃しては貰えぬやもしれぬ。朽木家を守るためには細心の注意が要る、油断は出来ぬ。良いな？」

右兵衛尉と左衛門尉が頷いた。


翌朝、四人で公方様に拝謁《はいえつ》を願い国元からの文をお見せした。

「そうか、親族衆が足りぬか。五万石ともなると然もあろうな。誰が戻るのだ？」

公方様が上機嫌に問われた。

「右兵衛尉と左衛門尉の両名を朽木に戻そうと考えております。御許しを頂けましょうや」

公方様が〝ふむ〟と頷かれた。周囲の幕臣達に視線を向けている。

この幕臣達が公方様以上に信用出来ぬ。この中には父と竹若丸が銭で和睦を贖《あがな》ったと不満を漏らす者が少なからず居るのだ。あの和睦で名を挙《あ》げたのは朽木で有り竹若丸で有った。公方様には何も無い。公方様のお立場が弱いのはその所為だと言っている。

特に公方様が京に御戻りになられた直後に朽木家は勢力を拡大した。その事に疑いの目を向けている。公方様が居ては自由に動けぬ。銭を使って公方様を追い払ったのではないか……。実際には六角家が仕掛けた戦だがそれでも朽木に向ける視線は厳しい。そして五万石になった朽木を嫉《ねた》んでいる。

だが諸大名は公方様の呼び掛けに応えなかった。父と竹若丸があのような手段を選んだのも已《や》むを得ぬ事だ。その事は公方様も認めている。そして幕臣達に内密で進めた事も正しいだろう。打ち明ければ必ず潰そうと動いたに違いない。実際幕臣達の中には知っていれば何としても阻止したと言う者が多いのだ。その者達は我ら四人が知っていながら隠したのではないかと疑っている。だが父も竹若丸も我らに知らせる事無く動いた。あの二人は我らをも欺《あざむ》いたのだ。そうでなければ幕臣達に内密で進めるのは難しいと判断したのだろう。

「五万石ともなれば確かに頼りになる親族衆が必要でしょうな」

言葉に毒は無かったが口調には毒が有った。ねっとりとした口調。上野中務少輔清信、朽木に反感を示す一人だ。

「しかし右兵衛尉殿と左衛門尉殿を戻すというのは如何なものか。年嵩の御二人が戻るべきでは有りませぬかな？」

中務少輔が小首を傾げてこちらを見ている。何人かが中務少輔の言葉に頷いた。

「若い二人の方が竹若丸殿も使い易いのではないかと思いましてな」

「なるほど。しかし下の御二人では民部少輔殿も竹若丸殿も不満に思いませぬかな。本心から助ける気持ちが有るのかと疑うのでは有りませぬか？」

こちらの考えを読んだわけでは有るまい。おそらくは嫌がらせだろう。こちらの願いを素直に認めたくないのだ。


「そうよな。右兵衛尉と左衛門尉の力量を危ぶむわけでは無いが此処は長門守と左兵衛尉が戻るべきであろう」

「はっ、ではそのように」

公方様が満足そうに頷いた。已むを得ぬ。右兵衛尉と左衛門尉を戻す事に拘れば不審を買う。ここは儂と左兵衛尉が戻るしかない。

「これからも予のために忠誠を尽くす様に竹若丸に言ってくれ。先ずは若狭の事を頼む事になると思うが宜しく頼むぞ」

「はっ」

儂が畏まると三人の弟も畏《かしこ》まった。已むを得ぬ事だとまた思った。

永禄二年（一五五九年）　五月下旬　近江高島郡安井川村　清水山城　朽木藤綱

「大きいな」

声を出すと左兵衛尉が〝真に〟と相槌《あいづち》を打った。眼の前に有る清水山城は朽木城に比べれば遥かに大きい。その清水山城を居城にしている。朽木では有るが朽木だけを領しているのではない。今更ながら朽木氏が高島郡で五万石を領しているのだと理解した。

城に帰郷を伝えると直ぐに城内へと通され書院へと案内された。父と竹若丸が我等二人を待っていた。

「よう戻られましたな、叔父上方」

明るい声だった。こちらに対する警戒、不審の色は無い。

「はっ、只今帰参仕りました」

「うむ、よう戻ったの」

今度は父が我等の帰参を歓迎してくれた。

「此処に戻ったという事は以後は俺を主として認め、仕えてくれると言う事かな？」

左兵衛尉と顔を見合わせ互いに頷いた。

「これ以後は家臣として御仕え致しまする」

「兄と同じ覚悟にございまする」

竹若丸、いや殿が満足そうに頷かれた。今年十一歳、年相応の身体つきだ、特別な所は無い。


「そうか、では長門の叔父上。叔父上には鉄砲隊三百を率いて貰う」

「三百、と申されますか」

「うむ」

鉄砲隊三百！　今この天下に三百丁もの鉄砲を持つ者がどれだけ居るか……。それを儂が指揮するとは……。驚いている儂を父がおかしそうに見ていた。慌てて顔を引き締めた。相変わらず人が悪い。


「早急に五郎衛門から引き継いで欲しい」

「はっ、五郎衛門は？」

「あれは俺の側に置く。色々と教えて貰わねばならんからな。戦の駆け引きなどさっぱり分からん」

不本意そうな口調だ。醒《さ》めていると思った。勝ち戦の後だ、領地も広がっている。もっと自分を誇っても良い。だが醒めている。相変わらず子供らしくない、だが主としては頼もしい限りだ。

「左兵衛尉の叔父上には騎馬百騎を率いて貰う。些《いささ》か少ないと思うかもしれんが馬は中々鉄砲の音に慣れぬのでな。ようやく百騎、揃える事が出来た。徐々に増やして行くつもりだ」

「はっ」

左兵衛尉が畏まった。不満は有るまい、騎馬百を率いるなど嘗《かつ》ての朽木では考えられなかった事だ。しかも鉄砲の音に慣れた馬。朽木は鉄砲が主力なのだと改めて思った。そして儂はそれを三百も任された。


「長門守、左兵衛尉。公方様は御健勝かな？」

父が訊ねてきた。そう言えば殿は公方様の事を訊《たず》ねてこなかった……。

「変わりございませぬ」

儂が答えると父が満足そうに頷いた。殿がそれを見て可笑《おか》しそうにしている。なるほど、殿には公方様への想いは薄いのかもしれぬ。少なくとも父ほどには強くないようだ。


「公方様は何か申されたかな、叔父上」

「はっ、以後も将軍家に忠誠を尽くす様にと。我等にもそれに尽力するようにと申されました」

殿が〝忠誠か〟と呟かれた。表情には苦笑が有った。左兵衛尉は儂が正直に言った事に驚いているだろう。だが主君に隠し事をするのは危険だ。はっきりと言った方が良い。特に殿には公方様に対して思い入れは無いと思わざるを得ぬ。世評に高い足利の忠臣等とは思わぬ事だ。判断を誤ってはならぬ。

「具体的には何を？　まさか三好を討てとは言われまい」

口調には揶揄《やゆ》が有った。

「若狭へ兵を」

父と殿が顔を見合わせた。父が首を横に振り殿は笑みを浮かべている。

「それは若狭を切り取れと言う事か？」

「いえ、治部少輔様を助けて欲しいと」

思わず声が小さくなった。殿が声を上げて笑う。今更ながら思った、虫のよい話だと。

「生憎《あいにく》俺は元服前でな、兵を率いて他国へ攻め込むなど出来ぬ。まだまだ学ばねばならぬ事も有るし領内の掌握も有る。無理だな」

「……」

「それに俺が若狭に兵を出す事を治部少輔様は喜ぶまい。或《あ》いは敵対してくるやもしれぬ。そんな危ない所に兵は出せぬ。そうであろう、御爺」

「まあそうじゃの」

父が頷いた。殿が我等兄弟を見て〝ふふふ〟と軽く含み笑いを漏らした。

「朽木と武田は犬猿の仲だ。治部少輔は俺の所為で領内の百姓が落ち着かぬと周囲に漏らしているとか。だがこちらも小浜《おばま》を使った商いが上手く行かぬ。あの阿呆共にはウンザリしているのだ。本当なら潰したいところだが武田は将軍家、六角家と縁続きだ。だから我慢している。その程度の事も押さえておらぬとは幕府も頼りない事よ。公方様だけではないな、幕臣達も何も分かっておらぬ」

ヒヤリとする口調だった。治部少輔と呼び捨てにした。十一歳、元服前の子供、だが気圧される様な感じがした。公方様と朽木に滞在している時はこんな声は聞かなかった。先程の含み笑いにも子供らしからぬ老獪《ろうかい》さが有った。これが本当の姿か。公方様の前で見せていた殊勝な姿は擬態であったか……。

「俺を動かしたければ利の有る話を持って来る事だ。御供衆などという名だけの利では無く旨味の有る利をな。そうでなければ俺だけではない、どんな大名も動くまいよ。その程度の事は朽木での滞在中に理解したと思ったがな」

殿が我等に視線を向けた。お前達は黙ってそれを受け入れてきたのかと問うている。正面から見返すことが出来ぬ。また含み笑いが聞こえた。

「それとも朽木ならただ働きをさせる事が出来ると思われたかな。困ったものだ」

「……」

父は無言で殿の言葉を聞いている。将軍家への想いは有ろう。だが殿が朽木家の当主、口出しはせぬという事か。或いは父も殿に遠慮しているのかもしれぬ。つまりそれだけの力が殿に有るという事だ。となれば公方様の朽木家への影響力は無きに等しい。


「叔父上方、先程俺の家臣になると言われたな？」

「はっ」

「頼りにしている。期待を裏切らないでくれよ」

「はっ。必ずや御期待に添いまする」

「某も兄に同じにございまする」

我等兄弟が誓うと殿が満足そうに頷かれた。期待というのは能力の事だけではあるまい、心だろう。裏切るなという事だ。


御前を下がり用意された屋敷で寛《くつろ》いでいると左兵衛尉が訪ねてきた。

「丁度良い所に来てくれた。呼ぼうかと思っていたところだ」

「左様で」

左兵衛尉の表情は暗い。少し離れた所に座ったが手招きして傍に寄らせた。

「驚いたか？」

問い掛けると左兵衛尉が頷いた。

「殿は足利の忠臣などでは有りませぬ」

「そうだな」

お互い小声になっている。

「弟達に報せますか？」

「いや、報せぬ。幕臣達に覚られかねぬ」

左兵衛尉が大きく頷いた。覚られればどのような事になるか……。裏切られたと思い朽木潰しで動きかねぬ。


「安堵《あんど》した。殿なればうまうまと使われる事は有るまい。朽木の家を危うくするような事は無い筈だ」

「某もそう思います」

互いにじっと見詰め合った。

「……ヒヤリとしたな」

左兵衛尉が神妙な表情で頷いた。


「親族とは思うまい。家臣としてお仕えする。良いな」

「はい」

「殿は若狭を狙っているのやもしれぬ」

〝まさか〟と弟が驚きの声を上げた。

「殿は我慢していると申されましたぞ」

「今はな」

「……」

左兵衛尉が押し黙った。


「三好と六角が争う時が来ると見ているのではないか？」

「なるほど、その時に……。しかし朝倉がおりますぞ」

「宗滴殿亡き後、朝倉の武威は全く振るわぬ。加賀の一向一揆《いっこういっき》と組む事を考えているのやもしれぬ。さすれば朝倉を抑える事が出来よう」

「なるほど」


六角は三好に対し劣勢だ。六角が動く時は必ず畠山を誘うだろう。六角・畠山《はたけやま》連合対三好。その時に殿が若狭に出て反六角の動きを行う。近江で朽木が反六角の動きを示した時、六角はそれを無視出来るだろうか？　兵を割けばその分だけ三好に対し劣勢になる。そして三好は？　三好は殿を傘下に入れたがっていた……。

若狭を獲れば朽木は十万石を越える。六角にとっても三好にとっても無視出来る存在ではない。六角、三好を利用しつつ勢力を伸ばす……。

「鉄砲隊の扱いに習熟しなければならぬ、その時の為にな」

「某も騎馬隊の扱いに慣れなければなりませぬ」

互いに顔を見合って頷いた。左兵衛尉も儂と同じ事を考えたのかもしれぬ。殿は高島郡五万石で満足してはいない。必ず動く。朽木の家臣として、殿の家臣として働く日が来るだろう。

近江へ

武田の勢力減退を引き起こしたのが
基綱の助言でした。
それなのに真田一族は武田を捨てて朽木を頼ります。
一体それは何故なのか?
当時の武士達にとって家を興すというのは
どういう事なのかを自分なりに考えて書いたつもりです。

あふみのうみ
みなもがゆれるとき

淡海外伝《あふみがいでん》

永禄五年（一五六二年）十月上旬　信濃国小県群真田村　真田本城　真田幸隆

櫓台《やぐらだい》から田畑を見ていると〝兄上〟と声を掛けられた。振り返ると弟の矢沢薩摩守頼綱《さつまのかみよりつな》、常田《ときだ》伊予守隆永《よのかみたかなが》が居た。家臣達の前では〝殿〟と儂を呼ぶが今は誰も居ない。

「如何なされましたか？　先程からずっとそうして外を見ておられますが」

直ぐ下の弟の薩摩守がからかう様な目で儂を見ていた。伊予守は心配そうに見ている。兄弟とはいえ性格は全く違う。

「見ていたのか？　二人とも」

「はい、何やら考え事をしておいでの様でしたので待とうと言ったのですが兄上が……」

伊予守が非難するように薩摩守を見ている。薩摩守がそれを撥《は》ねかえす様に〝ハハハ〟と笑い出した。

「その方が心配する故声をかけたのじゃ」

困ったものよ。屈託《くったく》のない薩摩守と心配性の伊予守、足《た》して二で割れば丁度良いのだが……。

「こちらへ参れ」

声をかけると二人が近付いた。薩摩守が隣に、その隣に伊予守が立った。

「あれを見ていた」

田畑を指さした。稲を刈り取った後の刈田《かりた》が寂しそうな風情を見せている。二人が顔を見合わせた。伊予守の顔は薩摩守に隠れて見えない。おそらく二人とも訝しそうな表情をしているだろう。


「刈田でございますな。それが何か？」

「伊予守、来年、この風景が見られると思うか？」

「……」

「そう思うとな、この寒々しい風景から目が離せなくなったのよ」

伊予守、そして薩摩守も無言で刈田を見ている。見納めかもしれぬ、二人もそう思っていよう。


「もう一年になりますな」

「早いものよ」

伊予守、薩摩守が感慨《かんがい》深そうに言った。もう一年か……。昨年の九月、川中島で武田家と長尾家の間で戦が行われた。四度目の戦い、互いに決戦を意図しての戦いであった。その戦いで武田家は敗れた。大敗と言って良い敗北であった。多くの将兵が討ち死にし甲斐の御屋形様も右手を切り落とされる程の傷を負われた。それまで優位に進めていた北信濃攻略が全て無になりかねない程の敗北であった。


それを押し返すために今年の七月に再度川中島に出兵した。大敗からの再出兵、武田の戦力を整えるには最低でもあと二年の時が必要であっただろう。だが北信濃の情勢がそれを許さなかった。

無理に無理を重ねての出兵だった。勝てずとも良い、負けなければ。越後勢を押し留める事が出来れば、そういう想いで臨んだ戦だった。

だが敗れた。押され気味では有ったが何とか耐えていた。しかし対陣が長引き兵糧が不足した。撤退か、攻撃かで軍議は紛糾した。攻撃を主張する者は撤退すれば北信濃四郡を失うと言った。撤退を主張する者は勝算は少ない。負ければ北信濃四郡だけではない、多くの将兵を失うと言った。進むも地獄なら退くのも地獄だった。最終的には御屋形様が撤退を決断された。だが撤退が一苦労だった。長尾勢が簡単に撤退を許す筈《はず》もない。最後尾の部隊は散々に打ち破られた。武田は北信濃四郡を失った。

「兄上、上杉に使者を送りまするか？」

薩摩守が問い掛けてきた。長尾とは言わず上杉と言った。武田家では上杉の家督相続と関東管領就任を認めていない。それを敢えて使った。薩摩守の言う使者とは服属の使者であろう。伊予守は無言だ。弟達はその事を相談したくて此処に来たのだと思った。

「許されると思うか？」

二人が苦しそうな表情をした。同じ事は儂も考えた。だが無理だと思わざるを得ぬ。北信濃四郡では武田に付いた国人衆は追い払われている。越後より戻ってきた高梨等の国人衆が彼らを許さなかったらしい。真田は武田の北信濃攻略において些か働き過ぎた。あの者達は真田を許すまい。特に村上、真田を恨んでいる筈だ。それに次男の徳次郎、三男の源五郎が甲府に居る。寝返れば徳次郎、源五郎は殺されるだろう。家を保つためなら見殺しも已むを得ぬ。しかし余りにも分が悪過ぎる。あの二人を無駄死にさせかねぬ。


「では此処で戦うのですな?」

伊予守が儂の顔を覗き込んできた。

「そうなるな」

「後詰が有れば宜しいが、そうでなければ持ちませぬぞ」

「伊予守、後詰が有っても難しかろう。今の武田はかつての武田ではない。それに今年も秋の収穫は酷かったらしい」

儂の言葉に二人が口を噤《つぐ》んだ。武田の弱点は兵糧《ひょうろう》だ。兵は鍛《きた》える事が出来るが兵糧は如何にもならぬ。そして腹が減っては戦は出来ぬ。


「城を枕《まくら》に討ち死になされる御積もりか?」

薩摩守が儂をじっと見た。思わず笑い声が出た。

「まさか、左様な華々しい戦は真田の者の流儀ではない。例えどれ程無様であろうとも落ち延びて生きて捲土重来を期するのが我らの流儀よ。そうであろう?」

二人が頷いた。満足そうにしている。

「先ずは甲斐に落ちる。後の事はそれからじゃ」

「では逃げる準備をせねばなりませぬな」

薩摩守が〝某にお任せあれ〟と言って腕を擦《さす》ると伊予守が呆れたように息を吐いた。

「兄上、余りに早う逃げては笑われますぞ」

「何の、無駄死にするよりましよ。そうでありましょう?」

薩摩守が儂を見た。確かにその通りだ、無駄死にするよりは良い。

「その通りだ。命有っての物種よ」

儂が笑うと二人が笑った。


永禄五年(一五六二年)　十一月上旬　　甲斐国山梨郡古府中　　真田幸隆邸　　真田幸隆

「今年はまずまずの出来のようだ」

「去年は酷かったからの、皆ホッとしていよう」

室賀《むろが》甚七郎《じんしちろう》満正《みつまさ》殿、芦田《あしだ》四郎左衛門《しろうざえもん》信守殿の二人がぼそぼそと言った。今年の秋の収穫はまずまず、明るい話題では有るがそのようには聞こえない。一口酒を飲んだ。やはり居候は肩身が狭いわ。酒を美味いと感じられぬ。甚七郎殿が儂の杯に酒を注いでくれた。御返しに甚七郎殿の杯、四郎左衛門殿の杯に酒を注ぐ。二人も美味くなさそうに盃《さかずき》を嘗《な》めている。

「去年の収穫が今年並みなら……」

「無駄であろうよ、甚七郎殿。御屋形様は兵を出すとは申されぬ。倅共の話では今は力を蓄える時期と見ておられるようだ」

儂の言葉に二人が顔を見合わせた。やりきれなさそうな表情だ。多分自分の似た様な表情をしているだろう。甚七郎殿がぐいと杯の酒を飲み干し手酌で酒を注いだ。

今年の六月、越後勢が信濃へ兵を出した時、武田家は後詰の兵を出さなかった。いや出せなかった。兵糧の不足も有ったが百姓の困窮《こんきゅう》も酷かったらしい。連年の出兵、負け戦、凶作、娘を売り子供を間引いて税を納める有様だったと聞く。もはや百姓の怨嗟《えんさ》の声を無視出来る状況ではなくなっていた。御屋形様からは信濃の国人衆に対して自儘にせよとの命が届いた。我らの事を考えてとも言えるが降伏しても長尾が我等を受け入れる事は無い。武田を頼らざるを得ぬとの計算も有っただろう。事実、越後勢が攻め寄せる前に領地を捨てた我等は武田を頼っている。

「当分の間、此処で冷や飯食いか」

「そうなるの、何とも情けない事よ」

二人がぼやくのも無理は無い。同盟を結んでいる北条も勢いが振るわぬ。関東の国人衆が長尾よりの姿勢を示しているのだ。北条が関東で勢いを伸ばしてくれれば長尾も信濃方面から関東に力を注ぐだろう。その分だけこちらが動く余地が生じるのだが……。杯を干して手酌で酒を注いだ。甚七郎殿、四郎左衛門殿も手酌で飲んでいる。

「村上の鼻息が荒いらしいの」

「うむ、二度と武田にはしてやられぬと張り切っていると聞いた」

二人の会話が続いた。村上左近衛少将義清が葛尾城に戻ってきた。武勇に長けた男だ。戦では何度も御屋形様に煮え湯を飲ませた。あの時は配下の屋代、雨宮、塩崎を調略で崩して何とか打ち破った。だが今は屋代も雨宮も塩崎も居ない。そして村上の後ろには越後の長尾が居る。攻略は難しかろう。

「御倉方が不満を言っているらしい。聞いたかな?」

問い掛けると二人が頷いた。面白くなさそうな顔をしている。

「ただでさえ貧乏なのに人が多過ぎるというのであろう」

「我等はこれまで十分に働いて来た。あの連中はそれが分からぬのだ！　信濃へ攻め入るとなれば我らの力が要る筈ではないか！」

甚七郎殿が面白くなさそうに言い、四郎左衛門殿が吐き捨てた。その通りだ。だが信濃侵攻は未だ先の事、御倉方が文句を言うのは分からないでもない。

「だがの、今の武田家に我等を抱えるだけの余力が無い事も事実だ。そうではないか？」

問い掛けると二人が不承不承頷いた。

「御家を離れるべきだと言うのかな、弾正殿」

「……」

四郎左衛門殿が訊ねてきたが答えられなかった。


真田は海野平の戦いで敗れ上州へと追われた。追ったのは武田家先代の御屋形様であった。だがその真田を信濃に戻してくれたのは当代の御屋形様であった。その御恩を忘れる事は出来ぬ……。だがこのまま朽ち果てたくないという想いも有る。もう五十を越えた、儂に残された時間は少ない。根無し草のまま朽ち果てる事は避けたい……。


「だが何処へ行く？　領地を取り戻すなら北条であろうが北条にその力が有るとも思えぬ」

「領地よりも家であろう。家を興す、それを重視すべきではないか」

「四郎左衛門殿の申される通りよ。長尾相手に領地を取り戻すのは簡単ではあるまい。となれば家を興す事を眼目にすべきであろう」

〝領地を捨てるか〟と甚七郎殿が呟いた。家を興すべきと言った四郎左衛門殿も切なげだ。溜息が出た。

それ以上の話が出る事は無く二人は帰った。そして直ぐに薩摩守と伊予守が目の前に現れた。我らの話が終わるのを待っていたらしい。

「御話は弾みましたか？」

薩摩守がからかう様に問い掛けてきた。思わず苦笑が出た。この弟と妻の恭の明るさに儂は救われている。


「景気の悪い話が弾んだ」

儂の答えに薩摩守が笑い声を上げ伊予守がそれを咎める様な視線を向けた。

「武田を離れるべきではないかという話をした。二人も薄々は考えていたのであろう。反対は無かった。北条は頼れぬとも話はした」

「元の領地に拘《こだわ》らぬという事ですな？」

「そうだ、伊予守。家を興すのが先ず第一よ」

二人が頷いた。この二人も武田から離れるべきだと考えている。それも有って今日は甚七郎殿、四郎左衛門殿に武田を離れる話をした。

「思った以上に武田は良くありませぬ。あの御二人もそれに気付いたのでしょう」

伊予守の言う通りだ。思った以上に武田は良くない。今の武田は甲斐《かい》一国に信濃で諏訪《すわ》郡を領するまでに追い込まれている。石高にして三十万石に満たぬ。諏訪郡は甲信の出入り口だ。その諏訪郡は反武田の意識の強い村上、小笠原等の国人衆に包囲されている。今の武田は諏訪への侵攻を防ぐので精一杯だろう。反攻など当分無理だ。

「これから先、徐々に我等に対する当たりは強くなりましょう。武田の中で生きて行くのは辛い事になりましょうな。御家を離れれば白い目で見られましょうがそれでも離れるべきだと某は思います」

屈託のない薩摩守が顔を顰めている。嫌な想いをしたのかもしれぬ。倅共も同じ様な事を言っていた。最近では周りの眼が冷たくなったと感じるとか。真田の長として一族を守らねばならん。だが……。

「何処を頼る？」

問い掛けると二人が顔を見合わせた。頼る先を決めなければ離れる事も出来ぬ。

「先ずは今川が有りますな。身を寄せるのは難しくは有りますまい。武田の御屋形様から文を書いてもらうという手も有る。御屋形様も嫌とは申されますまい」

〃そうだな〃と言って伊予守の言葉に頷いた。武田に所縁《ゆかり》の有る者が今川に仕え功績を挙げる。今川で出世すれば武田にとっても悪い話では無い。今川家中に頼れる家が出来るのだ。武田を離れる事を白い目で見られる事も無い。

「しかし某は薦めませぬ。今川は先代の治部大輔様が亡くなられてからは今の領地を保つのがやっとの有様。勢いが有りませぬ。身を寄せても家を興《おこ》すのは難しゅうござろう」

それも道理だ。良禽《りょうきん》は木を択《えら》んで棲《す》む。頼る家を間違えては家を興せぬ。

「では織田かな?」

問い掛けると薩摩守が〝悪くは有りませぬ〟と言って頷いた。

「今川、北条に比べれば勢いは有りましょう。桶狭間《おけはざま》以降武名も高い。今美濃攻めを行っております故その中で武功を上げ家を興す事は難しくは有りますまい。しかし稲葉山城は堅城、容易に落す事は叶いませぬ。それに三河の一向一揆に足を引っ張られております。家は興せても大きく育てられるかは別でござろう」

薩摩守の言葉に伊予守が頷いた。中々厳しい。

勢いが有り大きくなる家。越後の上杉家は間違いなくその条件にあてはまる家だ。だが誰も口にしない。降伏では無く新たに仕官なら受け入れてくれる可能性は有る。しかし居心地は良くあるまい。それにやはり上杉に仕えるのは抵抗が有る。

「近江は如何で?」

薩摩守が小声で問い掛けてきた。近江か……、六角は御家騒動で勢いは無い。となれば薩摩守が考えているのは朽木か。

「本気で言っているのか?」

「はい」

思わず唸《うな》り声が出た。薩摩守は本気だ、伊予守も息を凝《こ》らして儂を見ている。二人とも朽木を考えているのか……。


「お主ら、本気なのだな?」

二人が頷いた。朽木か、考えないでもなかった。だが朽木の助言が無ければ……。どうしてもそれを考えてしまう。受け入れる事が出来ぬ。

「朽木は勢いが有ります。それに武名も高い」

「……分かっておる」

「いいや、分かっておられませぬ」

薩摩守がにじり寄って儂の膝《ひざ》を掴んだ。〝兄上、いや殿〟と言って激しく揺すぶった。

「良く聞いてくだされ。当主の弥五郎殿は一代で北近江四郡、越前で一郡を切り取り申した。一万石に満たぬ国人領主から三十万石を越える大名になったのでござる。今の武田よりも大きい。簡単に出来る事では有りませぬぞ」

「……」

「それに未だ若い、二十歳になりませぬ。先が期待出来ましょう」

薩摩守の言葉に伊予守が頷いた。

「それは分かる。だがな、朽木はいずれ越前で一向一揆と向き合う事になるぞ。簡単には頼れまい」

何処かで朽木を認めたくない、そんな想いが有る。だが一向一揆は間違いなく脅威だ。今は朝倉が向き合っているが防ぐのは難しかろう。一揆勢が南下した時、朽木に一向一揆が打ち破れるのか？　三河を見ればあの連中を相手にするのは容易ではないと分かる。伊予守が笑い声を上げた。

「殿らしくも無い、むしろ好機では有りませぬか？」

「何と言った、伊予守」

儂が問い返すと伊予守がまた笑い声を上げた。

「好機だと申し上げているのです。ただ頼るのではござらぬ。一向一揆と戦う中で我等の力を弥五郎殿に見せ付けるのでござる。我らも頼るが相手にも頼らせる。弱い敵と戦っても評価されませぬぞ。強い敵と戦いそれを打ち破ってこそ真田は頼りになると思われましょう」

「うむ！」

唸り声が出ていた。その通りだ。我らが武田家で認められたのも村上攻略で功を上げたからであった。

「それに南の六角も観音寺崩れより勢いは有りませぬ。いずれは南も攻め獲りましょうな。近江、越前を合わせれば軽く百万石を越えます」

「……」

薩摩守が声を弾ませている。百万石か、簡単ではあるまい、だが可能性はある。その中で家を興す、朽木を頼るべきか……。思わず唇を噛み締めた。

「殿は朽木に面白からぬ感情をお持ちかもしれませぬ。なれど我らが真田の家を興すには強い大将、勢いのある家を頼るほか有りませぬ。それに朽木家は新参の者を差別しませぬ。浅井の旧臣達も重臣として引き立てられております。弥五郎殿、朽木家ほど条件に合う大将、家は有りませぬぞ。これを逃す手は有りませぬ」

伊予守の言葉に薩摩守が〝その通りです〟と言って頷いた。二人とも〝殿〟と呼ぶ。兄弟ではない、家臣として進言しているのだろう。

ぐいっと薩摩守が顔を寄せてきた。

「ぐずぐずしていると他の者に先を越されますぞ」

「如何いう事だ？　薩摩守」

「我等の他にも朽木家を頼ろうとしている者が居るやもしれぬという事です」

「まさか……」

薩摩守が首を横に振った。

「某と伊予守が考えたのです。他に考える者が居ないと如何して言えましょう」

「兄上の言う通りです。躊躇っているのやもしれませぬぞ」

「躊躇うか」

伊予守が頷いた。

「誰かが先陣を切るのを待っているのかもしれませぬ」

「……」

「我らが先陣を切り朽木家に仕えれば多くの信濃衆が後を追いましょう。さすれば弥五郎殿は我らの事を一層大事にする筈」

「伊予守の言う通りです。遅れを取ってはなりませぬぞ。先んずれば人を制し、後るれば則ち人の制する所と為るとも言います」

「……分かった」


儂が答えると二人が満足そうに頷いた。朽木を頼ろう。甚七郎殿、四郎左衛門殿も誘おう。確かに想うところは有る。だが家を興す事に比べれば些細な事ではないか。真田は武田に滅ぼされ武田に縋って家を興したのだ。それと同じ事よ。何よりこのまま朽ち果てるよりはずっと良い。

「近江へ行こう」

「はっ、では準備にかかりまする」

二人が畏まりすっと下がった。さて、女房殿に話さねばなるまい。難儀な事よ。

御家騒動

このSSは史実の大岡弥四郎が引き起こした
謀反をベースに書きました。
この事件、余り有名では有りません。
三河物語でも大した事が無いように書かれていますが
実際には相当に大きな事件だったようです。
気になる方は調べて頂きたいと思います。

あふみのうみ
みなもがゆれるとき

淡海外伝《あふみがいでん》

永禄十年（一五六七年）　十月中旬　　尾張春日井郡小牧村　　小牧山城　　織田信広

久し振りの休みに屋敷で寛《くつろ》いでいると家臣の矢田源兵衛が部屋にぬっと入って来た。気の利かぬ男よ、儂は寝転んでいるのだぞ、少しは遠慮せぬか。この男、腕は立つ、戦働きも上手いが人の心を察する力に足りぬ所が有る。年も二十を越えている、治るまい。折合を付けつつ使うしかないか。使い道の無い男ではないのだ。源兵衛が寝そべっている儂の側にのそっと坐った。大きな男だ、その巨体に気圧《けお》される様な感じがした。


「源兵衛、儂は非番だぞ。見ての通り、寛いでおる」

源兵衛は動じなかった。可愛げの無い奴。

「それは分かっております る」

「では何だ？」

「妙な男が訪ねて参りましたぞ。殿に御目にかかりたいと申しております」

「儂に会いたい？」

問い返すと源兵衛が頷いた。

「妙な男とは何だ？」

「行商の男ですな、かなり汚れております」

はて、行商の男となるとどこぞの忍びかもしれぬ。儂に繋ぎを付けようとしている。美濃の一色か、或いは今川か、或いは長島……。

「近江の塩津浜から来たと申しております」

「阿呆！　それを早く言え！」

慌てて飛び起きた。

「何だ？　と申されたのは殿にござる。何処から来た？　と問われれば答えており申した」

源兵衛が不満そうな顔をしている。

「妙な男と言うからだ。最初に塩津浜から来たと言えば良かろう」

「……確かに」

納得したようだ。素直に頷いている。この辺は可愛げがある。それに次からは最初に報告するだろう。失敗はするが同じ過ちはしない男だ。

「使者が来た事を知っている者は？」

「某だけでござる」

「奥へお通ししろ、密かにな」

「汚れておりますぞ？　宜しいので？」

「早くしろ！」

急かすと源兵衛が感心しないという様に首を振りながら立ち上がった。汚れなど後で雑巾で拭きとれば良いではないか。

考えねばならぬ。朽木から儂に使者が来た。これで三度目だ。殿にでは無く儂に来る。つまり織田家に使者を出したと知られたくない案件が起きたという事だ。過去二回の使者が持って来た内容は墨俣築城の件と一色の裏切りの件、どちらも織田家にとっては極めて重大な案件であった。此度は何を……。分からぬな、美濃では織田の優位は動かぬ。稲葉山城は堅城だが美濃の国人衆達は一色を見限りつつある。いずれは熟柿が落ちるように稲葉山城も陥落するだろう。となると長島、或いは三河かもしれん……。考えても仕方が無いな、先ずは会わねばならん。

身形を整え奥へ行くと既に朽木からの使者が座っていた。確かに薄汚れた身形をしている。日焼けした平凡な顔立ちで何処から見ても年季の入った行商人にしか見えない。茶が出してある。儂の分も用意してあった。

「織田三郎五郎にござる」

名乗ると向こうは頭を下げた。

「朽木八門衆にございまする」

名は名乗らない、過去二回も同様だった。同じ男ではないと思うが似ているような気もする。良く分からない。或るいは変装しているのかもしれぬ。

「寛がれては如何かな？」

茶を飲んでは如何かと勧めると眼を細めた。笑ったのだろうか。

「有難うございまする。ですが先ずは用件を」

「左様か」

懐を寛げ内側の布を強く引く。ビリッと音がして布が裂け内から封書を取り出した。着物に縫い込んで有ったらしい。

「これを織田様に。主、大膳大夫よりの書状にござる。お急ぎくだされ」

受け取るとかなり厚みが有るのが分かった。余程の大事らしい。

「忝のうござる。大膳大夫様によろしくお伝えくだされ。何か主に伝える事は？」

首を横に振った。

「某はこれで失礼致しまする。見送りは無用にござる、御免」

男はすっと下がってから立ち上がって部屋を出て行った。残らないという事は織田方の返事は要らないという事、後は織田の問題という事か……。茶は飲まなかった、過去二回も茶を飲んでいない。用心しているのかもしれない。織田とは同盟を結んでいるが気を緩める事は無いのだろう。

「源兵衛！」

封書を懐に入れてから声を張り上げると直ぐに顔を出した。近くで控えていたらしい。

「御登城なされますか？」

「うむ。分かっていると思うがこの件、他言は無用だ」

「はっ」

源兵衛が頷いた。


「その方、供をせよ」

源兵衛が嬉しそうな顔をした。信頼されていると思ったのだろう。

「はっ、五人程に陰供をさせまする」

「うむ、頼むぞ」

こういう事には手馴れている。手際が良いのだ。平穏な日常よりも物騒な戦場の方が向いているのだろう。


登城して側近の村井吉兵衛を通じて拝謁を願うと直ぐに奥に通された。非番の日に登城だ、大事が起きたと察したらしい。奥では殿が既に儂を待っていた。或いは御寛ぎの最中だったのかもしれぬ。

「何用か？」

懐から封書を出し〝朽木からございます、お急ぎくだされと〟と言うと殿が引っ手繰《たく》る様に封書を受け取られた。

もどかしそうに中から書状を取り出し読み始める。読むにつれて表情が険しくなった。眉が寄り口元に力が入っている。読み終わっても表情は変わらなかった。

「今川め、……頼りにならぬ！」

吐き捨てる様な口調だった。今川が絡んでいる。だとすると頼りにならぬというのは徳川か。

「徳川が、裏切りましたので？」

訊ねると殿がジロリとこちらを見た。身の竦む思いだ。

「一歩手前だ！」

一歩手前、という事は裏切りかけているという事か。徳川次郎三郎家康様の心が揺れているらしい。

「今川に通じる者が居る」

今川に通じる者？

「見よ！」

疑問に思っていると殿が書状をこちらに差し出した。受け取って読み始めた。読み辛い字だ、殿が顔を顰められたのは字のせいかもしれぬ。いや、矢張り内容だな、容易ならぬ事よ、裏切ったのではない、御家騒動か……。

「今川の血など残しておくからだ！」

「殿、徳川様が危のうございまするな」

殿がジロリとまた儂を見た。分かり切った事を言うなと眼で言っている。しかし間違いなく危うい。今川の手が徳川家中に伸びている。謀反の中心には竹千代君傅役兼家老の石川修理亮、そして大岡弥四郎、松平新右衛門、江戸右衛門七が居る。大岡、松平、江戸の三人は岡崎町奉行の職にあると書いて有る。今川に通じる者は決して弱くは無いし小さくも無い。徳川の中枢に居る。他にも名前が有るがいずれもそれなりの者だ。


三河が今川の支配下に置かれれば今川の力は尾張の東部に伸びかねない。そして尾張の東部は常滑焼の産地だ。これを失う事は出来ぬ。桶狭間の戦いもそれが原因で起きたのだ。あの勝利と徳川との同盟で尾張の東は安定した。だがここで手を拱いては桶狭間の勝利が無になりかねぬ。美濃攻めも頓挫しよう。織田は東の今川、北の一色、西の一向一揆に包囲されかねぬ。それにしても良く探ったものよ……。


「放置は出来ませぬ。某から使者を送りましょう」

「うむ」

「酒井左衛門尉に報せます」

殿が頷かれた。こちらの使者も内密にだ。表に出ればその場で謀反が起きかねぬ。次郎三郎様の御命も危うい。

「この書状は徳川には渡せませぬ。織田が調べたという形にしなければ……。殿直筆の書状を頂とうございまする」

殿が顔を顰められた。だがこの書状は朽木より貰ったもの、徳川には流せぬ。万一の場合の証拠の品なのだ。

「書かねばならぬか」

「はい、何卒」

殿が已むを得ぬという様に溜息を吐いたので頭を下げた。この書状の内容からすると朽木の情報源は今川でもかなりの有力者、或いはその周辺の人物だ。信じられぬ事だが朽木は今川の内部に深く食い込んでいる。朽木が使者を密かに寄越したのはその情報源を守る為だろう。織田が独自に調べたという事にしなければならぬ。それが徳川、今川に対しての威圧にもなり朽木との友好の継続にも繋がる。此処は殿の直筆の書状が要る。……殿も決して達筆とは言えぬがこれよりはましであろう。書いて貰わねばならぬ。

永禄十年（一五六七年）十月中旬　　三河国額田郡康生村　　岡崎城　　酒井忠次

主、徳川次郎三郎家康の手が震えている。その手に持つ書状が波打つ様に揺れた。織田家より内々に殿へ渡して貰いたいと儂に齎《もたら》された書状。一体何が記されているのか。

「……信じられぬ」

「殿？」

応《こた》えが無い。今一度〝殿〟と声を掛けると弾《はじ》かれたように儂を見た。

「織田様からは何と？」

主が口元に力を入れた。何かを耐えている。怒り？　屈辱？　それとも苦痛だろうか……。

「近う寄れ、左衛門尉」

他聞を憚るという事か。人払いはしてあるが念のためという事であろう。遠慮せずに主の膝近くにまで寄った。主が顔を寄せてきた。

「謀反の企てが有ると書いてある、用心せよと」

囁き、だが耳に響いた。

「……真で？」

小声で問うと殿が頷いた。そして見よという様に書状を儂に突き出してきた。受け取って読む、読む程に手が震えた。確かに書状には謀反の企てが有ると記されていた。まさかと思いつつもやはりという思いも有った。

「如何思うか、左衛門尉」

慌てて殿を見た。殿が暗い眼で儂を見ている。儂と同じ様に逡巡しておいでだ。ここは十分に考えて答えねばならぬ。……やはり否定は出来ない。今川に付き武田を通して一向一揆を抑える。そう考えての謀反であろう。それを実現するためには殿よりも今川の血を引く竹千代様が主の方が都合が良いと考えた者が居る。或いは今川から接触が有りそういう条件が出たのかもしれぬ。傅役の石川修理亮の名が有るのを軽視してはなるまい。それにしても、良く調べたものよ。事実なら、おそらくは事実であろうが織田は思った以上に耳聡《みみさと》い。

「……俄《にわ》かには信じ難い事では有りますが有り得ぬ事とは断言出来ませぬ」

「そうよな」

殿が頷かれた。むしろ十分に有り得る事であろう。

「何より織田様がこうして書状を送って来た以上、調べぬわけには行きませぬ。早急に此処に名の有る者、石川修理亮、豊前守親子、大岡弥四郎、松平新右衛門、江戸右衛門七、小谷甚左衛門尉、倉地平左衛門尉の動きを調べなければ……」

殿が首を横に振られた。不同意？

「足りぬぞ、左衛門尉」

殿が爪を噛んだ。苛立った時の御癖だ。

「と申されますと？」

「築山の名が無い」

「御方様……」

儂が呟くと殿が爪を噛み千切った。

「あれが現状に納得しているとは思えぬ。今川と繋ぎを付けるとなればあれを利用せぬ手は有るまい。今川も必ずあれを利用する筈。違うか？」

殿がジロリと儂を睨んだ。

「確かに」

今川から離反後、御方様は岡崎城内ではなく城外の西岸寺に留められている。確かに御不満であろう。そして西岸寺なら我らの眼も届きにくい。今川も繋ぎを付け易かろう。謀反の動きが見えなかったのはその所為かもしれぬ……。

「謀反の疑いが見えた時点で全員捕えまする。御方様も含めて」

「うむ。雅楽助と共に計らえ」

雅楽助か。なるほど、儂も雅楽助も駿府で人質であった殿に御仕えした。そして酒井の家の者である。殿を裏切る事は無い。そして我らが動けば家中の者も口出しはせぬ。多少の無茶は許すという事か。〝確《しか》と承《うけたまわ》りました〟と応《こた》えると殿が満足そうに頷かれた。

永禄十年（一五六七年）十一月上旬　　三河国額田郡康生村　　岡崎城　　酒井忠次

庭に一人の男が引き出された。後ろ手、首に縄を掛けられている。だが男に悪びれた様子は無かった。疲労の色は有るが昂然と胸を張り顔を上げている。岡崎町奉行、大岡弥四郎。謀反は実際に有った。だが首謀者は竹千代君の傅役、石川修理亮では無かった。この大岡弥四郎だった。この男が修理亮を説得して謀反を企んだ。

石川修理亮、豊前守親子、大岡弥四郎、松平新右衛門、江戸右衛門七、小谷甚左衛門尉、倉地平左衛門尉が捕えられた。不思議なのは謀反が発覚し捕縛しようとした時、大岡弥四郎は何の抵抗もしなかった事だ。謀反の有無についても隠す事無く全て自白、いや自ら進んで供述した。自分が謀反の首謀者だった事さえも隠さなかった。刑の軽減を望んでの事でもない。その手の要求は何もなかった。

弥四郎の供述を元に松平清蔵、山田八蔵が新たに捕えられた。そして弥四郎は最後に殿との面会を希望した。殿にお伝えすると少し迷われたが内々に会うと決断された。立ち会うのは儂と雅楽助のみ。弥四郎が地面に座った。そして殿に向かって礼儀正しく頭を下げた。如何も妙だ、本当にこの男が謀反を企てたのか？　殿も雅楽助も腑に落ちないといった表情をしている。弥四郎を引き立てきた者達が去った。

「大岡弥四郎、儂に会いたいと望んでいると聞いた」

「はっ、我が心の内を殿に御伝え致したく、お願いを致しました」

落ち着いた声だ。殿が儂と雅楽助を見た。不安そうな御顔だ、迷っておられるのか？

「……申せ、聞こう」

「有難き幸せ。某、殿に対して謀反は起こしましたが徳川家に対しては謀反を起こしておりませぬ」

殿が口元に力を入れた。怒っておられる。

「儂は徳川の当主に相応しくないと申すか」

「今の徳川、三河がそれを示しております」

「無礼者！　口を慎め！」

叱責した。儂が叱責せねば殿が逆上しかねぬ。一揆に続いて謀反、家臣達に背かれ続け殿は動揺しておいでだ。自分には当主の資格が無いのではと疑念を持っておられるのだ。弥四郎が軽く頭を下げた。

「死にゆく者の最後の言葉にござれば御無礼は御許し下され。今少し御付き合い頂きとうござる」

〝殿〟と弥四郎が声を掛けた。

「殿には一向一揆を押さえ付けるだけの御力はございませぬ。そして織田を三河に引き摺り込んで一揆を押さえ付けるだけの狡さも無い。それ故三河は荒れておりまする」

「だから謀反か。儂を当主の座から降ろし竹千代を当主にして今川に付くか。幼い当主を持つという意味が分からぬのか？　それは自立を捨て今川の支配下に入るという事だぞ。嘗ての徳川、いや松平がそうであった。その方はそれを忘れたのか？」

殿の声に怒りが有る。自立は家臣達の悲願であった。今川の代官達に搾取された苦しさ、惨めさは二度と味わいたくなかったのだ。なればこそ殿は御方様と若君、姫様を一度は見捨てられた。断腸の想いで有っただろう。

「忘れてはおりませぬ。その上で今川に付く事を考えたのでござる。今川に付けば一揆は鎮まりまする。一揆に加担した家臣達も戻って参りましょう。さすれば徳川の力は一つになりまする。自立を求めこのまま争い続ければ徳川は潰れますぞ。例え自立を失っても今は家を保つ事を考えるべきでは有りませぬか」

殿が唇を強く噛み締めた。一理有る。このままでは徳川は立ち行かなくなる懼れが有る。その事は殿も悩んでおいでなのだ。織田からもう少し援助を引き出せぬかとお考えだが織田も美濃攻めが佳境、簡単には行かぬ。

「儂を殺してか？　残念であったな。その方の企てた謀反は潰えた。さぞかし無念であろうな」

殿が嘲笑した。そうする事で冷静さを保とうとされている。

「残念では有りませぬ。無念でも有りませぬ」

「強がりを」

殿の嘲笑が続く。だが弥四郎が顔を綻ばせた。


「此度の騒動で織田は徳川に不安を持った筈。これまで以上に徳川の動向に注目し三河に介入致しましょう」

思わず弥四郎の顔を見た。強がりでは無い、穏やかな笑みが有る。殿が〝その方〟と言ったまま絶句した。言葉が続かない。これは単純に今川に付くという謀反では無いのだ。この男は何か違う事を考えている。


「謀反が成功すれば今川の下、一揆を治め徳川の家を一つに纏めまする。殿を失い竹千代様を駿府に差し出す事になるやもしれませぬ。なれど徳川の家を守る事は出来まする。織田の勢いが強まった以上、今川にとって徳川が配下に戻る意味は大きい」

「潰すとは思わぬのか？」

殿が問うと弥四郎が〝潰させませぬ〟と言った。

「今ならば一色、長島と盟を結んで織田を包囲出来まする。徳川を潰せばその後始末に時間が掛かりましょう。その間に美濃が落ちかねませぬ。潰す事よりも一つに纏め知多を目指すのが上策、そう説得致しまする」

雅楽助が〝お主〟と呟いた。可能だろう、今川にとって尾張侵攻は先代の治部大輔以来の悲願なのだ。当代の治部大輔にとっては先代を越えたという証になる。今川も強くは出られぬ。

「失敗した時は織田を三河に引き摺り込み、その支配下に入れ。織田を今川にぶつける事で徳川を守れと申すか」

問い掛けると〝如何にも〟と弥四郎が答えた。

「織田も徳川を潰しますまい。優先させるべきは美濃攻め。潰して混乱するよりも援助して楯に使う筈」

「……」

「このままでは徳川は保《も》ちませぬ。織田か今川、どちらかに服属せねば家を保てぬのでござる。なればこそ謀反を企み申した」

「徳川を守るための謀反か……」

殿が呟く。重苦しい口調だった。先程まで有った弥四郎への怒りは感じられない。だが表情は先程よりもずっと苦しげだった。

「殿に御詫びしなければならぬ事がございます」

「……奥の事、子等の事か？」

「はっ。織田は必ずや今川の血を徳川から排除せよと迫りましょう」

「そうだな」

「躊躇われますな。その後は織田から奥方を迎えられませ。徳川を守る盾となりましょう」

ぎょっとした。雅楽助も眼を剥いている。何という事を言うのか。だが弥四郎の言葉に殿は苦笑を漏らされた。


「そこまで考えての謀反か。その方にとっては儂も奥も子等も家を守るための道具だな。力の無い主なればそれも已むを得ぬか。屈辱を噛み締めて生きよと申すか。怖い忠義が有ったものよ」

「……」

初めて弥四郎が顔を伏せた。殿がそんな弥四郎を痛ましそうに見ている。この謀反、弥四郎も悩み抜いた末に出した策なのであろう。そこに行き着くまでに人の心を捨てたに違いない。弥四郎が顔を上げた、眼が潤んでいる。


「殿が強い大将に、狡い大将になられる事を願っておりまする」

「分かった。……他に話したい事が有るか？」

「ございませぬ」

「そうか。……では謀反人として死ね。徳川を守る謀反人としてな」

「はっ。有難き幸せ」

面会は終わった。数日後、処分が発表された。謀反人達は死罪、そして正妻築山殿、二人の御子にも死罪との命が下った。処分は速やかに実行された。

焼き討ち

比叡山焼き討ちをテーマとしたSSです。
この事件が周囲に、
そして朽木家中にどういう影響を齎したのか?
それを書いてみました。
基綱の権威が朽木家中の隅々にまで
届いたのだという事が読者の方に伝わればと思います。

あふみのうみ
みなもがゆれるとき

淡海外伝

永禄八年（一五六五年）　十月下旬　　近江蒲生郡　　観音寺城　　平井丸　　平井定武

「なんと！　真か？」

「真にございます」

倅、弥太郎の顔が強張っていた。両手は袴をきつく握りしめている。私の顔も弥太郎同様強張っていような。頬が引き攣る様な自覚が有る。

「比叡山は判金五百枚、そして堅田領の譲渡を申し出たそうにございます。しかし弥五郎殿はそれを受け入れず……」

「焼いたか」

弥太郎が頷いた。判金五百枚ともなれば五千貫以上にはなろう。それを受け入れぬとは……。思わず息を吐いた。

堅田が越前の一向一揆に同調し朽木に敵対した。本願寺からの要請も有ったようだが一向一揆が勝つとも見たのであろう。実際に両軍が動かした兵力は朽木勢一万三千に対し一揆勢は三万五千と大差が付いた。一概に堅田の判断を短慮とは責められぬ。だが木の芽峠で一揆勢は敗れた。南条郡から撤退せざるを得ない程の敗北だったようだ。堅田の思惑は外れた。

当然だが朽木は堅田を放置しなかった。越前から兵を南下させると真っ直ぐに滋賀郡へと向けた。堅田は判金二百枚を差し出す事で詫びようとしたようだが弥五郎殿は受け入れなかった。予想外の事だったのだろう。慌てた堅田は比叡山に助けを求めた。比叡山はそれに応じ三千の兵を動かした。

多少の睨み合いの後、話し合いで和を結ぶのだと思ったが……。

「日吉大社を焼いたのにも驚きましたが比叡山を焼くとは……」

「容赦はせぬという事よ」

弥太郎が〝はい〟と言って頷いた。顔には畏怖の色が有る。比叡山の三千の兵はあっという間に朽木勢の前に敗れた。僧兵を匿った日吉大社は焼かれた。徹底している。敵対する者は何者であれ叩き潰すという事か。南近江の者達にその姿が如何見えたか……。

「堅田は如何なりましょう？」

弥太郎が不安そうな顔をしている。

「分からぬな。……堅田の湖族は如何した？」

「既に朽木に付いたらしゅうございます」

「そうか」

堅田の水軍は朽木に付いた。つまり淡海乃海は朽木の物という事か……。堅田は抵抗出来まいな。となれば焼き討ちは無かろう。だが処分は厳しい物になるだろう。

亡き承禎入道様は朽木は北に勢力を伸ばす。比叡山が有る以上、西へは進めぬと見ておられた。承禎入道様の御考えでは朽木はあくまで越前朝倉への抑えであったのだ。実際弥五郎殿は北に向かった。だが一向一揆が堅田を唆した。その事が朽木の眼を西に向けた……。

しかし日吉大社、比叡山を焼けるものなのだろうか？　家臣達はそれに唯々諾々と従ったのだろうか？　信じられぬ想いが有る。己に出来るか？　命じられるか？　命じられて従えるか？……無理だ。自分には出来ぬ。比叡山を放置するのは危険だと分かっていても出来ぬだろう。そこには越えられぬ壁が有るのだ。人の目、常識、心、だろうか。その壁を弥五郎殿は越えた。軽々と越えた。自分とは違う、何処かが違う。

「鬼神の強さよな」

私の言葉に弥太郎が頷いた。そう、人ではない強さだ。武勇ではない、心。鬼神の心を持っている。弥五郎殿の強さは心の強さなのかもしれぬ。皆が人の心で動く時、弥五郎殿だけが鬼神の心で動く。此度の日吉大社、比叡山攻めは人では出来ぬ事よ。

「厄介な事になる。覚悟しておけ」

「と言いますと？」

「六角家を見限る者が出よう」

弥太郎が驚いた表情をした後〝なるほど〟と言って頷いた。どうやら気付いたか。

「一向一揆を退け越前南条郡が朽木の物になった。敦賀郡は安全になったのだ。其処が肝要よ」

「……敦賀からの物の流れが安定したという事ですか」

「そうだ。そして滋賀郡を得、堅田の湖族が朽木に付いた。淡海乃海は朽木の物になったと言って良い」

「……六角よりも朽木、ですな」

弥太郎の表情に苦渋の色が有った。完全に差が付いた。北が安定し淡海乃海は朽木の物になった。

朽木の力は完全に六角を凌いだ。平井はその朽木と縁を結んでいる。必ず疑いの目で見られよう。

「一波纔かに動いて万波随うとも言う。六角家から朽木家へと移る者が続出しような」

弥太郎が頷いた。先ずは大津、駒井……。あの者達は商いに関心を持たない左京大夫様に不満を持っている。彼らが望むのは弥五郎殿の様な主君だ。必ず朽木へと移るだろう。

「当家も難しい立場になります」

「そうだな」

それ以上は言わなかった。いずれは平井家も六角家を去る事になるのかもしれぬ。弥太郎もそれを感じていよう……。


永禄八年（一五六五年）十一月上旬　　近江高島郡安井川村　　清水山城　　井口経親

「きつい戦であったのう、茶が美味いわ」

儂の言葉に皆が頷いた。

「全くじゃ。木の芽峠から燧城。野分を避けて柚尾城、杣山城、茶臼山城を落とした。殿は人使いが荒い」

「柚尾、杣山、茶臼山には敵は居らなんだぞ、藤三郎殿」

ぼやく若宮藤三郎を小林左馬頭が冷やかす。藤三郎がテレを隠すかのようにカラカラと笑い声を上げた。

「そうじゃがな、泥道が酷かったわ、泥が顔にまで飛んで来よる。あれは敵より始末が悪い。口の中に入ったが不味うてかなわん」

「嫌な事を思い出させるの。折角の茶が苦くなるではないか」

左馬頭が顔を顰め二人の会話に皆が笑い声を上げげた。二人も笑う。儂も笑った。泥を喰ったのは儂も同じだ。皆も同じであろう。だが勝ったのだ、今となっては笑う事が出来る良い思い出よ。

堅田からの帰途、清水山城で休息を取っている。漸く鎧を脱ぐ事が出来た。この解放感が何とも言えぬ。そして熱い焙じ茶。今宵はゆっくりと休めるだろう。命の洗濯だな。雨森弥兵衛、安養寺三郎左衛門尉、西山兵部、岩脇市介、小林左馬頭、若宮藤三郎、小堀新助、阿閉淡路守、中島備中守、宮部善祥坊が共に寛いでいる。いずれもかつては浅井家に仕えた男達だ。そして今は朽木家に仕えている。

「勝ったのだな、あの一向一揆に」

「ああ、勝った。朝倉を滅ぼした一向一揆にな」

阿閉淡路守、雨森弥兵衛の言葉に笑い声が止んだ。

「正直不安であった。一揆勢は三倍近い大軍じゃ。木の芽峠の天険を頼んでも良くて引き分けであろうと思っていた」

茶を啜りながら安養寺三郎左衛門尉が呟くと皆が頷いた。一向一揆に大勝ちしたのは朝倉宗滴以来の事であろう。それ程までに厄介な相手だ。

「だが勝った。なんとも果断な御方よ、まさかあそこで打って出るとは思わなんだわ」

儂の言葉に〝驚いた〟、〝儂もじゃ〟という同意の声が上がった。

「おかげで泥を喰う羽目になったがの」

藤三郎の言葉に皆が笑った。藤三郎は余程に泥に祟られたらしい。

「堅田が有ったからのう、急がれたのであろう」

「おそらくそうであろうな」

小堀新助、阿閉淡路守の言葉に座が静まった。皆が互いに顔を見合わせている。先程までの賑やかな空気は無い。

「比叡山を本当に焼き討ちする事になるとは思わなんだわ」

「日吉大社もじゃ、驚いたぞ」

中島備中守、宮部善祥坊の言葉に皆が頷いた。二人とも声が小さくなっていた。皆もこれまでその事を話さなかった。殿を畏れ憚る気持ちが有るのだろう。同じ気持ちは儂にも有る。

比叡山を潰すと申された。堅田を叩くと申された。滋賀郡を獲るとも申された。越前攻めの為には背後を安定させる必要が有るのは確かだ。そのためには比叡山攻め、堅田攻めは当然だと言える。だから殿の御考えは比叡山を、堅田を武力で脅し、或いは多少の戦闘で叩く事で朽木の支配下に置くという事かと思った。皆がそう思った筈だ。だがそうではなかった。

〝神罰も仏罰も俺が引き受ける。その方等は俺の命に従え。朽木の者が畏れるのは俺の命ぞ。従えぬのなら朽木を去れ！〟

比叡山の僧兵を匿った日吉大社を前に殿が申された言葉が蘇る。そして殿は日吉大社の焼き討ちを我等に命じた。今なら分かる。乱世じゃ、下が上を試す様に上が下を試す事も有る。あれは我等の覚悟を試したのだろう。自分に従えるのか、否か……。その事を話すと皆が頷いた。

「そう言えば譜代衆は焼き討ちを躊躇わなんだの」

「そらそうじゃ。何と言っても殿は朽木を一代で大きくされた方じゃ。躊躇う筈が無いわ」

西山兵部、岩脇市介の言葉に皆が頷いた。日吉大社への焼き討ちを躊躇っていると譜代衆が動いた。慌ててその後を追った。本当に焼くのかと思った。本当に焼いた。躊躇わずに焼いた。焼いた事よりもその事が衝撃であった。自分も慌てて兵達に焼き討ちを命じた。

「信濃衆もじゃ。木の芽峠では先を争って一揆勢を追っていた。死に物狂いじゃ」

「高野瀬もだ」

「藤三郎、善祥坊、彼らは後が無いのよ。分かっておろう」

儂の言葉に皆が頷いた。相木市兵衛、小泉宗三郎、芦田四郎左衛門、室賀甚七郎、信濃衆は領地を失い国を追われた。高野瀬備前守も領地を失った。此処で、朽木で身を立てるしかないのだ。一所懸命、一所を得るために命を懸ける。それこそが武士というものであろう。

「譜代衆も同じかもしれぬ。負ければ元の八千石に戻る。だから……」

弥兵衛の言葉に皆が頷いた。勝ち続けなければならぬ。そして勝たせてくれる大将が居る。ならば躊躇う事無く付いていく。そういう事なのだろう。良く分かる。負けるという事は全てを失うのだ。あれほどに繁栄を極めた朝倉は今では影も形も見えぬではないか。浅井も無くなった。

「北近江、越前の一部。合わせれば四十万石を越え五十万石に近い。躊躇う理由は有りませぬな」

小堀新助が茶を飲みながら言った。その通りよ、今ではかつての浅井の倍以上の大きさになった。躊躇わぬからこそ大きくなった。躊躇っていれば今の朽木は無かった筈だ。

「それにしても強いわ。戦ではないぞ、心よ。殿には何者にも退かぬ強さが有る。胸が震えるほどの強さじゃ。今でも震えておる」

西山兵部が胸を擦りながら言った。皆がその言葉に頷いた。

「有り難い事ではないか。敵に回せば恐ろしいが御大将と仰ぐなら頼もしい限りよ。腰抜けの大将では戦えんからの」

岩脇市介が皆を見回しながら言った。同感だ、腰抜けでは戦えぬ。皆も〝その通り〟、〝同感じゃ〟と同意した。今回の一連の戦いで殿の恐ろしさを敵も味方も認識したであろう。御若いからと言って侮る事は無くなる筈だ。それだけでも我等付き従う国人衆は安全になる。

「御若い故の勢いかと思ったがそうではないの」

「弥兵衛殿もそう思われたか、儂もじゃ」

雨森弥兵衛の言葉に中島備中守が同意すると他にも同意する声が上がった。

「かと言って朽木の恐ろしさを知らしめるだけでもない。儂はそう思うのじゃが弥兵衛殿、お主はそうは思われぬか？」

儂が問うと弥兵衛が〝同意する〟と言って頷いた。

「応仁の乱より百年、天下乱れ世に戦乱絶えず。しかるに叡山は鎮護国家を口で唱えながら天道の畏れをも顧みず、淫乱、魚鳥を食し、金銀賂《きんぎんまいな》いにふける。此度堅田が非道を犯すも叡山の乱れに倣うもの。もはや叡山は天下に害なす無用の長物、我これを天に替わりて滅せん、であったかな？」

弥兵衛が我等に問い掛けてきた。何人かが頷く。

「殿はあの者達が嫌いなのだ。いや邪魔と思っておられるのだろう」

「弥兵衛殿、あの者達とは？」

藤三郎が問うと弥兵衛が一つ息を吐いた。

「比叡山や一向門徒の事よ。堅田に対する扱いを見れば分かる」

唸り声が上がった。

堅田か。越前の一向一揆に同調した堅田は文字通り踏み躙られた。日吉大社、比叡山を焼き討ちした殿の前では堅田は全くの無力だった。寺は破却され門徒の主だった者は首を刎ねられた。門徒達は命乞いをしたが殿は一顧だにせず首を刎ねさせた。堅田は殿の前に膝を屈した。だが比叡山が残っていれば如何だっただろう？　堅田は屈服しただろうか？　弥兵衛の言う通りだ。勢いだけではない、殿の行動には冷徹な計算が有る。

「以前から狙っていたのよ」

安養寺三郎左衛門尉の言葉に皆が顔を見合わせた。そんな我等を見て三郎左衛門尉が軽く笑い声を上げた。

「分からぬかな？　殿は滋賀郡を獲り西への抑えとして坂本に城を築くと申された。以前からその考えが御有りだったのだと某は思う」

〝なるほど〟、〝確かに〟と声が上がった。

「一向門徒を破った。越前を獲れるやもしれぬ。そうなれば北近江、越前、それに若狭を入れれば百万とは言わぬが九十万石はあろう。嘗ての六角を越えるな」

唸り声が上がった。確かに三郎左衛門尉の言うとおりだ。今となっては越前を獲るのは夢ではない。朽木は勝ったのだ。

「三郎左衛門尉殿は殿が京を目指すと言われるか？」

中島備中守が問い掛けると三郎左衛門尉が首を横に振った。

「分からぬな。だがそこまで大きくなった時、三好が殿を放っておくとも思えぬ」

〝確かに〟、〝三郎左衛門尉殿の申される通りじゃ〟と声が上がった。

「比叡山、堅田を放置しては戦場は滋賀郡から高島郡になろう。殿はそれを嫌ったのではないかの。それに三好との決戦の最中にあの連中に掻き回されては堪らぬ。そう御考えになったのかもしれぬぞ」

シンとした。なるほど、そちらが有ったたか。皆が顔を見合わせている。

「幸いと言うのは変だが公方様は弑され六角はあの有様じゃ。殿が若狭を獲っても文句を言う者は居ない。そうであろう？」

三郎左衛門尉が我等を見回した。皆無言だ。

「危機かと思ったがの、案外殿は待っておられたのかもしれん、この日が来るのを」

彼方此方で唸り声が上がり左馬頭が〝当代一の軍略家か〟と呟いた。

「……かもしれんのう。比叡山も堅田の一向門徒も容赦無く潰された。あれを見れば六角も簡単には殿に敵対は出来まい。坂本に城を築き西を防ぐ。越前、若狭を獲れば……、天下が見えてくるのう」

弥兵衛の言葉に皆が頷いた。

「怖いのう、底が見えぬわ。だがそこが良い、頼もしい限りよ」

三郎左衛門尉が笑った。皆も釣られたように笑った。

「躊躇えぬの。我等も死に物狂いで働かなくてはならぬ」

儂の言葉に皆が頷いた。比叡山を焼き討ちし堅田の門徒を叩き潰した。滋賀郡を得、越前でも優位に戦を進めている。天下か、そろりとだが天下が見えてきたのかもしれぬ……。

伴侶

婚儀直後の基綱と小夜を書いたSSです。
小夜の視点で朽木家の様子と小夜の戸惑い、
決意を書きました。
SSでは珍しくほのぼの系ですね。
もしかすると小夜の人徳かもしれません。
この外伝集でも清涼剤みたいな感じかもしれません。

［あふみのうみ　みなもがゆれるとき］

淡海外伝《あふみがいでん》

永禄四年（一五六一年）五月中旬　　近江高島郡安井川村　　清水山城　　朽木小夜《くつきさよ》

「姫様」

声が聞こえる。誰かしら……。

「小夜姫様」

私？　うっすらと眼を開いた。見覚えのない調度《ちょうど》が見えた。此処《ここ》は……、此処は……、此処は平井じゃない！　ハッと眼が覚めた。起き上がり周りを見回すと奈津《なつ》が居た。平井家から私についてきてくれた侍女《じじょ》……。彼女が可笑《おか》しそうに私を見ている。


「御目覚めでございますか？」

「ええ。……奈津、や、弥五郎《やごろう》様は？」

「弥五郎様ではございませぬ。夫婦《めおと》になられたのですから殿とお呼びなされませ」

恥ずかしさでカッと身体が熱くなった。そんな私を奈津がクスクスと笑う。


「奈津、殿はいずれに？」

「既に表でお仕事をなされております」

「お仕事？」

「姫様はお疲れだろうからゆっくり休ませるように、起こしてはならぬとの事でございました」

お疲れ？　昨夜の事を思い出してまた身体が熱くなった。胸元も乱れている、慌てて襟《えり》を合わせ直した。また奈津がクスクス笑う。


「今何時《なんどき》です？」

「されば卯《う》の刻を疾《と》うに過ぎ辰《たつ》の刻に近うございます」

「辰の刻！」

思わず高い声が出た。そんなに寝ていたなんて……。嫁いできて早々に寝過ごすなんて皆にどう思われるか……。


「そろそろ起こさねば拙《まず》いと思いまして……」

「起きます、着替えを手伝って」

奈津が〝はい〟と応えて傍によってきた。奈津に手伝ってもらって急いで身支度を整えると夜具を片付けた。〝朝餉《あさげ》は如何《いかが》なさいます〟と聞かれたけど、とても食べる気にはなれない。奈津に確認すると弥五郎様は表で政《まつりごと》を執《と》っているらしい。何処《どこ》へ行けば良いのかと迷っていると奈津が案内出来ると言う。急いで部屋を出て弥五郎様の元へと向かった。


なかなかたどり着かない。清水山城はかなり大きいのだと思った。父の平井加賀守《かがのかみ》も清水山城は高島郡では最も大きい城だと言っていた。大きなお城に住む事は嬉しいけれどこんな時はもどかしい。やきもきしながら歩いていると漸《ようや》く弥五郎様の居る部屋に着いた。家臣と話をしている。声をかけても良いのかしら？　迷っていると弥五郎様が私に気付いた。弥五郎様がにこやかに笑みを浮かべる。頬が熱くなるのが分かった。

「小夜、遠慮は要らぬ、こちらへ。平九郎、話は終わりだ。一息入れよう」

平九郎と呼ばれた家臣がこちらを見て頭を下げた。部屋の中に入り弥五郎様に近付いて座った。奈津は部屋の入り口で控えている。

「おはようございまする」

「ああ、おはよう。もう起きたのか、案外早かったな」

また顔が熱くなった。

「お気遣い頂き有難うございまする」

「起こそうかと思ったのだが良く寝ていたのでな、起こさなかった。盛大な婚儀だったから疲れたのだろう」

「はい、ですがこれからはそのようなお気遣いは……」

「それに可愛い寝顔だったからな。起こすのは忍びなかった」

身体から火が出るかと思う程に熱くなった。寝顔を見られていたのだ。恥ずかしくて弥五郎様の顔を見る事が出来ない。

溜息が聞こえた。

「殿、冗談《てんごう》が過ぎますぞ。御方様が困っておられる」

「冗談ではない、本当に可愛かったのだ」

また溜息が聞えた。そして〝御方様〟と声をかけられた。そう、私は御方様と呼ばれる立場なのだと思った。

「殿には悪い癖が有りましてな。直ぐに冗談を言って人をからかうのです。お気になされてはなりませぬぞ」

生真面目な表情でこちらを心配そうに見ている。三十代半ばくらいだろうか？　良い人なのだと思った。

「はい」

弥五郎様に視線を向けると肩を竦《すく》められた。冗談を言って私の心を解《ほぐ》そうとなされたのかもしれない。

「朝餉は摂《と》ったのかな？」

「いえ、未だ」

「ならばここで何か食べよう。平九郎も付き合え」

平九郎が〝はっ〟と畏《かしこ》まると奈津が〝私が用意致しまする〟と言って立ち上がった。

「頼むぞ、その方の分も忘れずにな。それと茶を頼む」

「はい」

奈津が立ち去ると弥五郎様が〝小夜〟と声を掛けてきた。

「紹介しよう、荒川平九郎だ。御倉奉行を務めている。銭に関しては朽木家で一番明るい、そして煩《うるさ》い男だ」

「荒川平九郎にございまする。御方様を当家にお迎え出来た事を心からお喜び申し上げまする」

平九郎が頭を下げた。

「小夜です。これから色々と教えてもらう事も有ると思います。良しなに願います」

平九郎が〝畏れ入りまする〟と言って更に頭を下げた。

「あの、お仕事の邪魔を致しましたか?」

弥五郎様が〝そんな事は無い〟と首を横に振られた。

「ずっと塩津浜に居たからな、平九郎から色々と報告を受けていたのだ。それも終わった」

本当だろうか? 平九郎に視線を向けると平九郎が頷いた。嘘ではないらしい。

「銭というのは羽が生えているのかな、あっという間に無くなるわ」

「まあ、婚儀でございますか?」

「それもあるが戦も出費が嵩《かさ》む。頭の痛い事だな、平九郎」

平九郎が〝真に〟と頷いた。

「しかし婚儀の費《つい》えは無駄な出費ではございませぬ。朽木家が幕府、朝廷と密接に繋がっているという事を改めて六角家に示す事が出来ました。六角家の方々は驚いておられましたな。特に関白殿下、関東管領様との繋がりには驚いたようです。殿がこの後六角家で侮《あなど》りを受けるような事はございますまい。十分に元は取ったと某《それがし》は思いますぞ」

平九郎が胸を張って言うと弥五郎様が笑い出した。

「おいおい、小夜の前だぞ、平九郎」

平九郎が〝これは失礼を致しました〟と言って頭を下げた。私も〝良いのです、気にしておりませぬ〟と答えたけど朽木家では六角家に決して心を許していないのだと思った。

奈津が戻ってきた。お盆に菓子鉢とお茶椀が有り菓子鉢には御饅頭《おまんじゅう》が入っていた。

「御饅頭が有りましたのでお持ちしました」

「婚儀で客に出した饅頭だな、余りが有ったか」

「はい」

奈津が手際よくお茶碗を置き菓子鉢を置いた。そして〝失礼致しまする〟と言って私の後ろに控えた。

「小夜、腹が減っただろう、遠慮するな。奈津もそこでは遠い、饅頭に手が届くまい、もっと寄れ」

奈津が恐縮しつつ傍による。一つ手に取って口に運んだ。美味しいと思う。お茶を飲んだ。急にお腹が空いているのを実感した。もう一つ口に運ぶ、やっぱり美味しい。お茶を飲んで息を吐いた。クスクスと笑い声が聞こえた。弥五郎様が可笑しそうに笑っている。また身体が熱くなった。


「お人が悪《わる》うございます」

「いや、可愛い妻を娶《めと》ったと思ったのだ」

「殿！」

弥五郎様が声を上げて笑う。如何《どう》しよう、居《い》た堪《たま》れない。

「そう怒るな、小夜。今日は城の中を案内するからしっかりと食べた方が良い。もう一つ如何だ？」

ちょっと迷ったけどもう一つ口に運んだ。弥五郎様が笑みを浮かべて私を見ている。恥ずかしかったけど嫌われているよりずっと良い、そう思う事で我慢した。何時《いつ》か慣れる日が来るのだろうか。


御饅頭を食べ終えると弥五郎様が城内を案内してくれる事になった。弥五郎様に手を引かれて歩く。恥ずかしいけど離してくれない。手を引かれるまま歩いた。最初に行ったところは御義爺様《おじいさま》の所だった。

「御爺、なんだ、大叔父上、主殿も居たか。丁度よい、小夜を連れて来たぞ」

そう言いながら弥五郎様が部屋に入った。部屋には老いた殿方が二人、壮年の殿方が一人居た。正面に座った方が御義爺様、脇に控えた二人が義大叔父上様《おおおじうえさま》、主殿という方なのだろう。

「小夜にございます、宜しくお願い致しまする」

頭を下げると御義爺様が笑みを浮かべられた。

「祖父の朽木民部少輔稙綱《みんぶしょうゆうたねつな》にござる。こちらこそ宜しく願い申す。小夜殿、弥五郎の事、頼みましたぞ。支えてやってくだされ」

「はい、私に出来る事は何でも致しまする」

御義爺様が満足そうに頷かれた。ホッとした。弥五郎様は初婚だけど私は再婚、不満に思われているのかと思ったけどそのような事は無いらしい。先程の平九郎も好意的だった。朽木家では再婚の事を余り重視していないのかもしれない。

「そこに控えるのは儂《わし》の弟の蔵人惟綱《くらんどこれつな》、その嫡男の主殿惟安《これやす》にござる」

二人が頭を下げて挨拶《あいさつ》をして来たので私も頭を下げて挨拶をした。

「小夜、大叔父上には舟木城を、主殿には朽木城と西山城を守ってもらっている。二人とも俺を親身に支えてくれる親族衆だ」

「いやいや、我らこそ仕え甲斐のある主君を持てて感謝しております。そうであろう、主殿」

「はい」

二人がにこやかな笑みを浮かべている。弥五郎様に心服しているのだと思った。

「儂は如何なのだ？」

御義爺様が悪戯《いたずら》っぽい表情を浮かべて弥五郎様に問い掛けると弥五郎様が笑い出した。

「御爺は御爺だろう、それでは不満か？」

蔵人様、主殿様がお笑いになられ御義爺様も〝いや、不満は無いぞ〟とお笑いになられた。仲が良いのだと思った。


「盛大な婚儀であったな」

「ああ、武家や公家は勿論だが堺、近江、若狭、それに敦賀《つるが》からも商人が来てくれた。予想以上だ」

御義爺様と弥五郎様が話している。敦賀は越前の朝倉の領地。朽木と朝倉は敵対関係にある。でも敦賀の商人達にとって朽木は畿内と敦賀を繋ぐ大事な存在であり敦賀の商人達は朽木との関係を無視する事は出来ないのだと昨夜弥五郎様が教えてくれた。


「もっとも平九郎に銭に余裕は無いと言われた。頭の痛い事だ」

皆が溜息を吐いている。

「一年早かったな。高島七頭《たかしましちとう》を潰してから野良田の戦いまで一年ちょっとだ。綿糸《めんし》も澄《す》み酒《さけ》も石鹸《せっけん》もまだ十分に高島郡に行き渡っていない。その状態で浅井との戦になった。幸い海津、大浦、塩津の湊《みなと》を押さえる事が出来たから何とか戦えているが……」

弥五郎様が溜息を吐かれた。

「あの三つの湊が浅井に有れば浅井は忽《たちま》ち戦力を回復しただろう。むしろこちらの方が押されただろうな。今頃は高島郡で戦の筈《はず》だ。悲鳴を上げて六角家に助けを求めていたに違いない。小夜も嫁には来なかっただろう」

「そうよな、……考えてみれば朽木は急激に大きくなった。その速さに領内の発展が追い付かぬか」

弥五郎様が唇《くちびる》を噛《か》み締め御義爺様が嘆息を漏らした。意外だった。六角家では皆が朽木家の裕福さと伸張に眼を奪われていた。でも弥五郎様は苦しんでいらっしゃる……。

「浅井の国人衆《こくじんしゅう》が今回の婚儀をどう見たかだな」

「……」

「近江、若狭の商人だけでなく敦賀の商人も朽木に来た。畿内へ物を動かすなら浅井ではなく朽木と見たのだ。まあ海津、大浦、塩津が朽木領になったのだから当然だが……」

弥五郎様の言葉に義大叔父上様が頷かれた。

「商人が浅井を見限った、物が入ってこないとなると国人衆の中にも浅井を見限る者が出るやもしれませぬな」

思わず息を吐いた。

「如何した、小夜」

弥五郎様が心配そうに私を見ている！

「申し訳ありませぬ。このような話、平井ではした事が無かったものですから……」

皆が顔を見合わせ笑い出した。

「まあ我らも銭の話、物の流れの話をするようになったのは最近の事よ。小夜殿も直ぐに慣れるわ」

「はい」

御義爺様が気遣ってくれるけど本当にそうなれるのだろうか……。平井では今回の婚儀で六角と朽木の結び付きが強まる事しか話題にならなかった。

「分かると便利じゃぞ。弥五郎の事が良く分かるようになる」

「まあ」

「弥五郎は銭と物には煩いからの」

また皆が笑う。弥五郎様も否定せずに笑っているから本当の事なのだろう。それから少し話をして御義爺様のお部屋を辞去した。

「次は母上の所に行く」

「はい、あの……」

「何だ？」

「私にも銭や物の流れの話が分かるのでしょうか？」

弥五郎様が足を止めて私を見た。可笑しそうに見ている。

「安心して良い、直ぐに分かるようになる」

本当に？　弥五郎様の事を少しでも知りたいのだけれど……。また歩き出した。後を追う。

「朽木の家はな、銭で動く。銭を得るためには嫌でも物を動かさねばならぬ。それを押さえておけば段々と分かってくる」

「はい」

朽木の家が裕福なのは物を動かすから？　その事を尋《たず》ねると〝少し違う〟と答えが有った。

「実際に物を動かすのは商人だ。俺がやった事は関を廃止した事と税を安くした事だ。それに物を作った事だな」

「物を作る？」

弥五郎様が頷かれた。そして足を止めて私を見た。

「朽木には様々な産物が有る。椎茸《しいたけ》、澄み酒、綿糸、刀、石鹸、漆器……。商人達はそれを買い、他に売りたいと思っているのだ。儲かるからな。そのために商人達が来易《やす》いように関を廃した。税を安くしたのも領民達に銭が有れば商人達は領民を相手に商いが出来るからだ。だから商人が来る。物が動く」

「……」

「そして朽木には安曇川《あどがわ》が有り淡海乃海《あふみのうみ》が有る。船を使って物を動かし易いのだ。商人にとっては商いの遣《や》り易い場所だろう。だから豊かになった」

弥五郎様の仰っている事が分かる様な気がする。でも実感が湧かない。その事を伝えると〝焦る事は無い〟と仰ってまた歩き出した。

「知っていると思うが母上は京の飛鳥井家から朽木に嫁がれた。公家の娘だから少し変わっているように見えるかもしれん。だが悪い御方ではない」

「はい」

「余り構えずに接してくれ」

「はい」

余り構えずと言われても出来るだろうか……。考えていると弥五郎様が〝そこだ、着いたぞ〟と仰った。弥五郎様が近付いて片膝を突かれたから私も膝を突いた。

「母上、弥五郎にございます。小夜を伴っております。宜しゅうございますか?」

「どうぞ、遠慮は要りませぬ」

「失礼致しまする」

弥五郎様が部屋の中に入り私も〝失礼致しまする〟と声を掛けて中に入った。中には若い女性が居た。二十代の半ばくらいかしら、優しそうな御方、この方が弥五郎様の御義母上様？　姉と紹介されても信じてしまいそう。

「小夜にございまする。不束者ではございますが弥五郎様を一生かけてお支えしたいと思っております。宜しくお願い致しまする」

挨拶をすると御義母上様が微かに頷かれた。

「綾と言います。小夜殿、弥五郎殿は気性が激しいですから大変とは思いますが宜しく頼みますよ」

「はい」

気性が激しい？　接した限りでは冗談のお好きな優しい御方だけれど……。弥五郎様は苦笑している。


「良い御式でしたね」

「はい、有難うございまする」

「弥五郎殿、しばらくは小夜殿とゆっくり出来るのですか？」

弥五郎様がちょっと困ったような御顔をされた。

「さあ、それは何とも……」

「まあ、直ぐに塩津浜に戻るのですか？　それでは小夜殿が可哀想では有りませんか？」

御義母上様が私を気遣って下さる。有難い事だと思う。

「いや、何事も無ければ暫くはこちらに居られます。しかし浅井に動きが有ればそうは行きませぬ。戻らなければ……」

「……」

御義母上様が弥五郎様をジッと見ている。

「決して小夜を疎んじての事では有りませんし不満も有りませぬ。良い妻を娶ったと思っておりま す。ですが今が大事な時ですので……、済まぬな、小夜。分かってくれ」

私が〝はい〟と答えると弥五郎様がホッとしたような表情をされた。

「母上、小夜には他にも教えねばならぬ事が有りますのでこれで失礼致しまする」

「……」

もう、帰るの？　憮然《ぶぜん》とする御義母上様を置いて弥五郎様が席を立った。私も慌てて〝失礼致しまする〟と頭を下げて後を追った。

「御義母上様が苦手なのでございますか？」

部屋を離れて暫くしてから問うと弥五郎様が足を止め〝良く分からぬ〟と御答えになった。

「嫌いではないのだがどう接すれば良いのか分からぬ。もっともそれは俺だけではないのかもしれぬ。母上は妙に余所余所《よそよそ》しい時も有れば過剰に心配してくる事も有る。分からぬのだ」

「……」

嘘ではなさそう、困った御顔をされている。そういえば義御祖父様の所ではずかずかと部屋に入っていったけど御義母上様の所では遠慮されていた……。

「俺は二歳で父を失い朽木家の当主になった。やるべき事、覚えるべき事は山のようにあった。母上に甘えるような暇は無かったな。子供らしくない子供になっていただろう。家臣に少しは母上に弱いところを見せろ、母親という生き物は子供の弱い姿を見て安心する、この子には自分が必要なのだと思うのだと言われた事が有る」

「なんと御答えになりましたの？」

弥五郎様がジッと私を見た。

「俺は朽木家の当主だ、弱い姿は見せられぬと言った。……初陣の直前で有ったな。四倍の敵に心配する母上に烏合《うごう》の衆だから心配いらぬと言った時だった」

「……」

言葉が出ない。朽木は豊かで弥五郎様は朽木の若き猛将と呼ばれ近隣に武名を轟《とどろ》かせている。でも決して楽に生きてきたわけではない、ご苦労をされてきたのだと思った。

「お寂しいのかもしれぬ。母上は京から朽木に嫁いでこられた。頼りになるのは父上だけだっただろう。だがその父上はお亡くなりになり息子はこの通りだ。親不孝な事だな」

「そのような事はございませぬ。弥五郎様は必死であっただけの事。それに親孝行はこれからでも出来ましょう」

弥五郎様が〝そうだな〟と仰った。良かった、顔に笑みが有る。

「俺はまた塩津浜に行かねばならぬ。小夜、母上を頼む」

「はい！」

弥五郎様が私の手を握った。温かいと思った。さっきは気付かなかったけれど弥五郎様は温かい手をお持ちだ。〝次は鉄砲を見せてやろう〟と仰って歩き出す。遅れないように歩く。多分、これからはずっとこんな風に歩いていくのだろう。弥五郎様に手を引かれ私は遅れないように歩く。でも何時かは隣に立って歩ける日が来る。そして弥五郎様を支える事が出来る日が来る。きっと……。

嫉妬

六角義治が何故基綱を敵視したのか。
その遠因は何処に有るのかをこのSSで書きました。
このSSでの義治は六角家に強い誇りを持ち
武に偏り過ぎています。
愚かでは無いが政略面で弱過ぎる。
後年の破滅にも繋がる部分です。

あふみのうみ
みなもがゆれるとき

淡海外伝
あふみがいでん

永禄元年（一五五八年）　八月上旬　近江国蒲生郡　観音寺城　三雲定持

「高が八千石の国人ではないか」

「……」

「三百程の兵しか出せまい」

「……」

無視していると相手がじろりと俺を見た。疲れる事だ、京へ公方様をお送りしてから暇さえあれば人を捉まえて朽木の悪口を言っている。特に朽木が御供衆に任じられてからはそれが酷くなった。

「そうは思わぬか、対馬守」

「……八千石では三百が精々でございましょう」

俺の答えに六角右衛門督義治様が満足そうに頷かれた。俺が相槌を打たぬと見て同意を求めてきた。余程に気に入らぬと見える。しかし好い加減にして欲しいものよ、呼び止められて付き合わされるこちらの方が面白くないわ。

まあ公方様に竹若丸に近江半国も有ればもっと早く京に戻れたであろう等と言われてはな、それも一度や二度ではないともなれば南近江半国を持つ六角家の次期当主として面白くないのは分かる。俺も面白くはない。当てこすりにしか聞こえぬな。或いはそうなのかもしれぬ。六角家は公方様の檄に積極的に動こうとはしなかった。公方様が六角家に面白くない感情をお持ちだとしても驚かぬ。

「三河守、日向守は如何思うか？」

「某もそのように思いまする」

「某も同意致しまする」

種村三河守、建部日向守が答えると今度は蔑むように哂われた。八千石なら三百が精々、当然の事であって哂うべき事では無い。問題はその朽木が四千貫もの銭を用意した事よ。一体どれだけの銭があるのか……。それに御大典を利用して和睦を進めるとは……。偶々《たまたま》か、それとも図っての事か……。

「朽木など六角家に比べれば取るに足らぬ存在ではないか、公方様もあのような者を頼りになされるとは……」

あの動き、偶然とは思えぬ。図ったとなると先帝《さきのみかど》の寿命を計ったという事になる。朽木は朝廷にも伝手《つて》が有る事を考えればおかしな事では無い。問題は誰がそれを考えたかだ。飛鳥井なら良いが朽木となると民部少輔とは思えぬ。あれは実直な男だ、あのような奇策を思いつくような御仁ではない。となると……。

「対馬守」

「……」

「そうは思わぬか、対馬守」

「……」

はて、何の話であったか。朽木の話だとは思うが確証はない。無言でいると若殿が眼に苛立ちを見せた。同席している種村三河守と建部日向守が俺を非難するように見ている。はてさて……。

面倒な事になったと思っていると〝対馬守様〟と声がかかった。声の方に視線を向けると御屋形様の傍近くに仕える小姓が居た。

「こちらに居られましたか、先程から御屋形様が対馬守様をお呼びでございます」

「左様か、手数をかけたな。今参る」

正直ホッとした。面倒を避けられるし詰まらぬ話に相槌を打たされる事も無い。

「若殿、御屋形様の元に参らなければなりませぬ。某はこれにて」

「待て、対馬守！」

しつこい御方よ。もう半年以上も前の事ではないか。

「先程は少々考え事をしておりましたので、御許しを頂きとうございます」

「考え事だと！」

腰を浮かせている。鬱陶しいわ！

「朽木竹若丸殿も二、三年もすれば元服でございましょう。朝廷では竹若丸殿に官位を授けたいと考えているとか。公方様だけではなく朝廷の御信任も大分厚いようでございますな」

〝何だと！　真か！〟と怒鳴る声が聞こえたが無視して御前を下がった。後は種村と建部を相手に愚痴でも憤懣でもぶつければ良いわ。俺は忙しいのだ。

御屋形様の元に向かうと既に後藤但馬守殿、進藤山城守殿、蒲生下野守殿、平井加賀守殿、目賀田次郎左衛門尉殿が居た。〝申し訳ございませぬ、遅くなりました〟と詫びを入れて座ると但馬守殿がクスクスと笑った。

「若殿に捉まっていたのでござろう」

「……」

「困ったものでござるな」

はて、そのような事、御屋形様の前で申して良いのか。一つ間違えば若殿を誇る様にも取られかねぬが……。

「余程に憤懣が溜まっておる。大分煽られたらしい」

御屋形様が笑いながら申された。

「公方様にでございますか？」

加賀守殿の問いに御屋形様が頷かれた。

「近江半国も有れば、明らかに六角に対する当てつけであろう。若い右衛門督を挑発したのよ。悔しければ自分の役に立ってみろ、そんなところであろうな」

皆がそれぞれに頷いた。

「右衛門督は六角家は佐々木源氏の本流、傍流の朽木家などに大きな顔をさせるわけにはいかぬと思っているようだ」

先程の問いはそれかもしれぬな。だとすると火に油を注いだか。

「某、先程若殿に朽木竹若丸が元服すれば官位を授けられるかもしれぬとお伝え致しました。余計な事を致しましたようで」

皆が笑い出した。一番大きな声で笑ったのは御屋形様であった。

「右衛門督め、カリカリしておろうな」

御屋形様が一層大きな声でお笑いになった。

「若殿は朽木を放置しては六角の面目が立たぬとお考えらしい。しかし若殿が直接御屋形様に申し上げても御取り上げにならぬかもしれぬ。それよりは家臣より朽木をこのままにしておいて良いのかと言上させた方が御屋形様もお考えになるかもしれぬとお思いのようだ。頻りに朽木に対する不満を家臣達にぶつけるのはそれが狙いだと思う」

なるほど、但馬守殿の申される事が事実ならただ憤懣をぶつけたわけでは無いという事か。

「それにしても公方様も小細工を致しますな」

下野守殿が呟いた。同感だ、公方様も小細工をする。

「已むを得まい、恩賞を出せぬのだからな」

皆が御屋形様の言葉に頷いた。公方様に恩賞を与える力はない。となれば公方様に従う意味は無い。それよりは自家の勢力拡張に力を注いだ方が良いという事になる。

「さて、今日集まって貰ったのは他でもない、その朽木の事だ。あれを六角家に服属させたい」

皆が顔を見合わせた。

「勘違いするなよ。右衛門督のためではない。六角家のためだ。朽木を服属させれば利が大きかろう」

皆がそれぞれに頷いた。

「朽木は京に近い。朝廷、幕府とも密接に繋がっている。領内は豊かでもあるし鉄砲もある。それにあそこが六角の勢力範囲になれば若狭にも積極的に介入出来る」

御屋形様は大分若狭の武田が不安らしい。六角家にとっては極めて近しい親戚ではあるが家督争いが続いて落ち着かない。このままでは三好か朝倉に滅ぼされかねぬと見ている。

「御屋形様の申される通り、朽木が六角家に属すれば利は大きい。しかし簡単に六角家に属するとも思えぬ」

「山城守殿の申される通りだ。宮内少輔殿の件もある。朽木家は六角家に対して面白くない感情を持っておろう」

山城守殿、次郎左衛門尉殿の言葉に皆が顔を顰めた。現当主竹若丸の父である宮内少輔は高島越中守との戦いで討ち死にしている。その高島越中守は六角家に属しているのだ。誘ったからと言って簡単に靡くとは思えぬ。


「それに御供衆に任じられたばかりにござる。使者など出しても笑われるだけでござろうな」

言い終わって但馬守殿が一つ息を吐いた。

「使者が駄目なら兵を使って威圧するしかないと思うが」

下野守殿が同意を求めるかのように周囲を見回した。加賀守殿が首を横に振った。

「下野守殿、公方様より朽木には手を出すなと釘を刺されておりますぞ、余り露骨には出来ますまい。公方様を不満には思わせても怒らせるのは避けるべきでござろう」

下野守殿が顔は顰めたが反論はしなかった。御屋形様も加賀守殿を咎めない。

「高島越中守を使っては如何でございましょう。朽木に対して強い不満を持っておりまする」

俺が提案すると皆が顔を見合わせた。朽木領では関を廃したために人の出入りが比較的緩い。商人が集まり税が安く物の値も安い。暮らし易いのだ。一方高島の領地には商人が来ない。その所為で物不足から物の値が高騰している。暮らし辛いのだ。彼の領地からは人が朽木に流出していると も聞く。その事に高島は強い不満、いや危機感を抱いている。それに高島には自分こそが高島七頭の頭領という誇りが有る。朽木竹若丸に対して強い不満を持っている。

「揉めさせるか？」

「はっ」

「そこを儂が仲裁する。そういう事だな？」

御屋形様が念を押してきた。

「はっ、朽木竹若丸は弱年にして初陣も済んでおりませぬ。朽木にとっては容易ならぬ事態。しかし高島越中守は父親の仇、簡単には退けますまい。そこを御屋形様が収める。当然ではございますが朽木は六角家に対してそれなりの礼を尽くさねばなりますまい」

皆が頷いた。

「それをきっかけに朽木を絡めとるか……」

御屋形様が考え込まれている。

「対馬守殿の案、良き案かと思いまする。高島に一千貫程も迷惑料として要求させましょう。そこを御屋形様が百貫程に値を下げさせる。高島にとっては銭が入りますし朽木が頭を下げたという事にもなる。それなりに憤懣も収まりましょう」

下野守殿の言葉に御屋形様が〟なるほど〟と頷かれた。

「しかし他の者達が如何思うか。永田、平井、横山、田中、山崎……。彼らも朽木に対して憤懣《ふんまん》を持っておりましょう」

加賀守殿が高島越中守以外の高島七頭の不満を指摘した。

「それは御屋形様が抑える。御屋形様が朽木を守る姿勢を示すのだ。そうすれば朽木も御屋形様と緊密に結びつく方が得策と理解する筈。それに……」

〝ふふふ〟と下野守殿が含み笑いを漏らした。

「高島越中守が銭を貰い他の者が貰えぬとなれば越中守の彼らに対する影響力は弱まろう。その分だけ六角家の意向が通じ易くなる」

皆が頷いた。

「それにしても一千貫とはまた吹っ掛けますな」

次郎左衛門尉殿が笑った。或いは皮肉かもしれぬ。

「朽木は御大葬、御大典に四千貫を出した。おかしな要求ではござるまい。それに百貫程度なら払えぬとも思えぬ。朽木にとって腹立たしい事ではあっても厳しい条件ではない。戦よりはましでござろう」

下野守殿の答えに皆が顔を見合せた。〝朽木は銭が有りますな〟と加賀守殿が呟いた。皆が頷いた。

「良かろう、下野守の案を採ろう」

御屋形様の言葉に下野守殿が頭を下げた。

「では高島を呼びましょう。但し、揉めさせるのは御大典が終わってからという事で宜しゅうございますか？」

但馬守殿が御屋形様に確認すると御屋形様が〝うむ〟と頷かれた。


永禄元年（一五五八年）十月下旬　　近江国蒲生郡　　観音寺城　　六角義治

「父上！　高島達を使って朽木と揉めさせると聞きました！　真でございますか？」

父が微かに笑った。苦笑いだろう。誤魔化されてはならぬ。今一度〝父上！〟と声をかけた。

「そう騒ぐな、誰から聞いたかは知らぬが真だ。朽木を六角に取り込む。旨味が有るからのう」

旨味？　高が八千石ではないか！

「揉めさせるだけで良いのでございますか？　戦に持ち込むべきでは？」

「朽木が目障りか、右衛門督よ」

父がニヤニヤと笑っている。カッとなったが抑えた。

「そうではありませぬ！　取り込むというのであれば朽木の鼻を圧し折るべきだと申しております」

「……」

「今のままでは朽木は付け上がりますぞ！」

父が顔を顰めた。ほれ見ろ、父も朽木には面白くない感情を持っているのだ。

「戦は拙い、公方様より止められているからのう」

「戦をするのは高島達にございます。我らはそれを止める立場、公方様から責められる事は有りませぬ」

父がじろりと俺を見た。

「そのような小細工が通用すると思うのか？　右衛門督よ」

小細工？　それが何だと言うのだ。

「……たとえ小細工であろうと六角家にはそれを押し通す力がございます。公方様にはそれを跳ね返す力はございますまい」

父が眉を寄せて考えている。将軍など何の力も無いのだ。そして力のある大名の支援を必要としている。六角には力が有る。文句など言わせぬ。朽木と六角、どちらに重きを置くべきなのか、秤にかけるまでも無い、簡単に分かる事では無いか。遠慮など必要ないのだ。

「……国人衆でさえ公方様の言に重きを置かぬか。公方様が居られるならともかく居ないのでは朽木を守る盾にはならぬという事だな？」

「はい！」

父が〝うーむ〟と唸り声を上げた。

「朽木に対する警告か。足利に付いても何にもならぬ。恩賞どころか家を守る事も出来ぬと思い知らせるか……、悪くはない……」

父が一度、二度と頷いた。


「公方様への警告にもなりましょう。先日の和睦など怪我の功名、真に頼るべきは六角家なのだと。我らを侮る事は許さぬと！」

父が苦笑を浮かべた。甘い！　そのような事では公方を付け上がらせるだけではないか！

「そのように気負うでない」

「しかし」

「今少し肩の力を抜け」

「……」

いつもこれだ。俺の意見をはぐらかす。好い加減に子供扱いするのは止めて欲しいものよ、もう元服したのだ。

「戦か、朽木は三百と言ったところか、高島達は千二百は出す。となれば籠城か。そこで仲裁に入るか。……見え見えでは有るが……」

父がニヤリと笑った。

「やってみるか」

「はい！」


フン！　竹若丸が観音寺城に出仕した時の公方の顔を見たいものよ、さぞかし悔しがろうな。竹若丸にも六角家の力を思い知らさねばならぬ。思う存分に嬲《なぶ》ってやるわ。不満なら兵を挙げれば良いわ、朽木など捻り潰しても構わぬのだ。例え将軍家に忠義を尽くした家でも潰す。その方が六角家の威を皆が畏れるというものではないか。まあそれも高島達との戦で生き延びられればだがな。

永禄元年（一五五八年）十一月上旬　　近江国蒲生郡　　観音寺城　　三雲定持

「では戦に持ち込めと？」

問うと平井加賀守殿が頷かれた。観音寺城の一室、登城すると加賀守殿に攫われるように連れ込まれた。

「揉めるだけでは弱い、戦に持ち込んだ上で御屋形様が動く。その方が朽木も六角家の力を理解するであろうとの事にござる」

「なるほど」

悪い案ではない。しかし……。加賀守殿も難しい表情をしている。

「塩梅《あんばい》が難しゅうござるな、加賀守殿」

「如何にも」

「攻めるのは良いが後々の事を考えれば公方様を怒らせるのは得策ではない。某が揉め事を起こさせるとしたのもその辺りを考えての事なのだが……」

公方様に力は無い。しかし利用価値はそれなりにあるのだ。


「どうやら若殿の御発案のようにござる」

なるほどと思った。

「……御屋形様がそれを受け入れられたと？」

加賀守殿が渋い表情で頷いた。

「大分激しく迫ったらしい。御屋形様も押し切られたようにござる。対馬守殿が申されたように塩梅が難しいが悪い案では有りませぬからな」

「……」

嫌な予感がする。揉め事を起こすだけで十分に狙いを達せるのだ。兵を用いるのは無理押しになりかねぬ。

「これから高島達を此処に呼ぶとの事ですが……」

「話が違うと嫌がりましょうな」

加賀守殿が頷いた。先月の末、高島越中守を観音寺城に呼んだ。越中守は朽木との間に揉め事を起こす事には同意した。但し越中守単独では無く永田、平井、横山、田中、山崎を加える事を条件としてきた。

もし公方様が朽木と揉めた事を咎めても六角家が六家全てを潰す事は出来ないと見たのだ。それは自分だけなら潰す事も有り得ると危惧したのだろう。無理押しは出来ない。それに圧力は大きい方が上手く行く可能性は高い。永田、平井、横山、田中、山崎が加われば高島七頭内部での揉め事という面を強調する事も出来る。六角家の関与を隠す事が出来るのだ。計画は変更された。

更に越中守は兵を用いぬ事を何度も念押ししてきた。朽木に不満は有るが戦にはしたくないと考えている。朽木を疎ましく思っても朽木との戦は出来ない。和睦を成し遂げた朽木にはそこまで遠慮せざるを得ないのだ。今更では有るが朽木の存在の大きさ、重さを認識させられた思いがした。

「兵を用いるとなれば高島達は千二百は出しましょう、朽木は精々三百。となれば籠城とは思いますが……」

「不安がお有りかな、加賀守殿」

加賀守殿が頷いた。

「朽木竹若丸、三好との遣り取りからすると相当に気性が激しい。大人しく籠城するか如何か……」

「野戦になりかねぬと？」

「……」

問い掛けたが加賀守殿は無言だ。だが間違いなく危惧している。

確かに野戦は面白くない。六角家の狙いは朽木家の富、鉄砲、そして朽木を通して朝廷、幕府との繋がりを強めようという事だ。万一竹若丸が討ち死にすれば公方様の怒りは勿論だが朝廷への繋がりも失う、いや朝廷も六角家に強い怒りを持つだろう。それでは狙いの半分も達した事にならない。そう、六角家は朽木だけではない、朽木竹若丸も必要としている。

「面白くありませぬな、戦場では何が起きても不思議ではない。三百で千二百に突っ込む事も有り得る」

加賀守殿が一つ息を吐いた。

「若殿は朽木竹若丸が討ち死にしても構わぬとお考えのようにござる」

「……まさか」

若殿は朽木を服属させる事の意味を御分かりでないのか？　胸にあるのは朽木竹若丸への敵意だ

けだと……。唖然としていると加賀守殿が首を横に振った。

「信じられませぬかな、対馬守殿。倅の弥太郎が種村三河守、建部日向守よりそのように聞いたそうにござる」

「……なんと」

思わず溜息が出た。もしかすると俺が若殿を煽った事が影響しているのかもしれぬ。腹立ちまぎれに余計な事をしたか……。

永禄二年（一五五九年）二月上旬　　近江国蒲生郡　　観音寺城　　三雲定持

「朽木が勝っただと？　どういう事だ、それは？　何故朽木が勝つ？」

若殿が声を荒げた。

「高島家は嫡子が討死、越中守は捕えられた後斬首、清水山城に居た幼い庶子は母親共々家臣達に裏切られ朽木家に引き渡さました。全て殺されたそうにございます。田中家も当主と跡継ぎが討死。高島領、田中領は朽木の支配する所となりました」

結果は裏目に出た。これで朽木の所領は二万石を越えた。しかも清水山城を居城としている。あの城、かなりの規模の城だ。朽木は簡単に攻め潰せる存在ではなくなった。いや今では永田、平井、横山、山崎達の方が危うい。

「馬鹿な、高島達は千二百は兵を出した筈だ。朽木は精々三百、四倍の兵力で何故負けるのだ！答えよ、対馬守！」

眼が血走っている。俺が敗戦を報せるまでは上機嫌だった。小生意気な朽木の小僧に思い知らせる事が出来る、朽木など捻り潰してやると。この御方の胸の内にあるのは朽木憎しだ……。

「さあ、戦場ではどんな事でも起こりますから……」

「どんな事でも起こるだと？　その方ふざけているのか！」

溜息が出そうになった。ふざけてなどおらぬ。戦場とはそういうものだ。戦に絶対はない。この御方はその辺りがお分かりではない。心許ない事よ。

「答えよ！　対馬守！」

「……」

「その方、何のために此処に来た！」

「某は御屋形様より戦の結果を若殿にお伝えせよと命じられたのみにございます」

「何だと！」

疑問が有るのなら自分で考えれば良いわ。俺は忙しいのだ。

「これから御屋形様と後始末を協議致さねばなりませぬ。御免」

「待て！　対馬守！」

喚く若殿を無視して御前を下がった。二万石か、朽木を取り込む意味は益々大きくなった。だが若殿には強い反朽木感情が有る。となると……、将来的には六角家内部で朽木の存在を大きくしては成らぬという事になるな。大きな棘になりかねぬ。或いは時期を見て排除する事も考えなければなるまい。面倒な事よ……。

決意

あふみのうみ
みなもがゆれるとき

淡海外伝

このSSは第六話の邂逅の続編として書かれたものです。
読む前にもう一度邂逅を読んで頂ければと思います。
山内伊右衛門の眼を通して弱小であるがゆえに
苦しむ基綱とそれを助けたいと思う伊右衛門達の
強い絆を感じて頂ければと思います。

永禄三年（一五六〇年）　七月中旬　　近江高島郡安井川村　　清水山城　　山内一豊

パチパチ、パチパチパチと音がする。主君竹若丸様が算盤を弾く音だ。御倉方が提出した帳面を確認しながら算盤を弾いている。驚いた事に朽木家では竹若丸様を初め皆が算盤を使う。傍で小姓を務める元服前の梅丸殿達でさえ算盤を上手に使うのだ。私と新太郎殿が朽木家に仕えて直ぐに命じられた事は算盤を使えるようにしておけという事だった。

武張った事は余りお好きではないらしい。素振りや弓の調練を成されるが格別熱心と言うわけではない。むしろ領内の見回り、今日の様に算盤を弾く事や商人達から話を聞く事を好まれる。そして政に熱心だ。不思議な事ではある、八千石から五万石へと領地を拡大した武名の高い御方とはとても思えぬ。

〝ふーっ〟と息を吐く音が聞こえ算盤を弾く音が消えた。殿が憂鬱《ゆううつ》そうな御顔を成されている。

「如何なされましたか？」

迷ったが思い切って問い掛けると殿が〝思う様に行かぬ〟と仰られた。はて、思う様に行かぬとは……。新太郎殿も訝しげな表情をしている。我等の疑念を察したのだろう。殿が苦笑いを浮かべられた。

「高島七頭を統一してから一年だ。だが思ったよりも税の収入が少ない。予想外で有ったな」

「……」

「まあ石鹸も綿糸もまだ十分に広まっていないから已むを得ぬのかもしれん。……やはり海が欲し

いな」

海？　新太郎殿と顔を見合わせた。

「海を使って交易する。そうなれば銭ももっと入って来るのだが……」

唇を噛み締めておられる。切実さが感じられた。

「銭でございますか？　当家には十分な銭が有ると聞いておりますが」

訝しい事だ。朽木は裕福だ。朝廷に四千貫もの銭を献金した。銭に不安は無い筈、そう思って訊いてみた。

「足軽を雇うにも銭は掛かる。鉄砲を維持するのにも銭は要る。これまでは八千石、精々三百人だったが今では五万石、千五百人だ。これまでよりもずんと銭は掛かる。長い戦をするとなれば不安は有る」

なるほどと思った。朽木家は百姓を兵として使わない。銭で兵を雇う。そして鉄砲も多く所持している。火薬、鉛玉、その為の銭か……。

「若狭の海がございます。安曇川もございますが？」

新太郎殿が殿に問い掛けた。若狭の海から朽木領は比較的近い。安曇川を使えば物を運ぶのにも苦労はしない。実際安曇川を使った交易は極めて活発だ。海は無いが交易が出来ないというわけではないのだ。新太郎殿はそう思うのだろう、自分もそう思う。だが殿は首を横に振られた。

「若狭は荒れているからな。税も重いし船は小浜を避け敦賀に行くらしい。その分だけ小浜の湊は寂れ敦賀の湊が大分賑わっている。朝倉は大喜びだろうな。そして敦賀からは塩津浜、海津に荷が流れる。……本当ならこちらに来る荷なのだが……、腹立たしい事だ」

若狭の武田氏は内紛が絶えない。家督を巡る争いに重臣達が加わり領内は荒れる一方だと聞く。その事が朽木家の税の収入にまで絡むとは……。

驚く事ばかりだ。他家では百姓から年貢を取り百姓を戦場へと駆り出す。だが朽木家は百姓に負担を掛けないようにしている。戦場に出る事も無ければ税も軽い。その為領内は極めて安定している。殿の見回りに付いて行けば分かる。百姓達の表情は明るいのだ。そして笑顔で殿を迎える。朽木の百姓達は殿を恐れていない。朽木の領内は暮し易いという事だろう。だが百姓に負担を掛けないという事は他の部分でそれを補うという事でも有る。それが銭か……。

「若狭を喰えればな、こんな想いはせずに済むのだが……」

殿がぼやくのを聞いて新太郎殿と顔を見合わせた。新太郎殿が微かに首を横に振る。難しいのだ。若狭は大凡八万石程、領内は乱れているとなれば攻め獲るのは難しくない。そしてこの御方なら若狭を安定させ繁栄させる事も出来よう。だが若狭を治める武田氏は足利将軍家、六角家と強く結びついている。攻めれば幕府と六角家を敵に回す事になる。朽木に両者を敵に回す様な力は無い。

「くさくさするな、気分を切り替えるか」

そう言うと殿が立ち上がった。〝櫓台へ行くぞ〟と言って部屋を出る。新太郎殿と共に後を追った。小柄な後ろ姿だ。未だ元服前、今年で十二歳。だがとてもそうは思えない。この清水山城で殿を若年と侮る様な者は居ない。その事に驚嘆と畏怖を覚える。もし自分が当主であれば同じ事が出来たであろうかと……。新太郎殿も同じ事を思うらしい、二人で良く話す事が有る。

櫓台に着くと殿はじっと外を見ている。表情は決して明るくは無い。そして時折溜息を吐く。景色を楽しんでいるのではなかった。政の事を考えておいでなのであろう。多分銭の事、海の事……。苦しんでおいでだ。胸が痛くなった。どんな小さな事でも良いからこの方の力になりたい……。

「殿」

「如何した、新太郎」

「御隠居様がこちらへ」

新太郎殿の言う通り御隠居様が此方へとやって来る。景色を見に来たのかもしれない。此処から見る景色を殊の外気に入っておいでだと聞く。御二方の邪魔にならぬように少し下がって控えた。

「御爺も外を見に来たのか？」

殿が笑いながら尋ねられると御隠居様が首を横に振られた。

「お前を呼びに来たのよ。妙な客が来おったぞ」

「客？」

「鯰江じゃ、備前守が参った。お前に会いたいとな」

「ほう」

殿が驚いておられる。だが妙な客？　鯰江備前守？　聞いた事が無いが……。

永禄三年（一五六〇年）七月中旬　　近江高島郡安井川村　　清水山城　　山内一豊

「真に一千もお出しなされますのか？　六角の狙いは自分達には朽木を動かす力が有ると浅井に見せ付ける事でございましょう。兵はそれほど多くなくとも文句は言いますまい」

日置五郎衛門殿の言葉に宮川新次郎殿、黒野重蔵殿、御隠居様が頷かれた。

六角家に従属していた浅井家が反旗を翻した。六角家は浅井家討伐の兵を動かそうとしている。鯰江備前守は六角家の意向を受けて朽木家に来た。戦を手伝えという事らしい。だが朽木家と六角家の間柄は決して円滑と言うわけではない。勿論力関係では敵わない、兵は出さざるを得ない。だが形だけの出兵で良いだろうという想いはある。朽木家に来て初めての戦、武功を立てたいという思いは有るが所詮は手伝い戦、無理をする必要は無いのだ。

「出す」

殿の言葉は短い。そして迷いが無かった。五郎衛門殿、新次郎殿、重蔵殿、御隠居様が顔を見合わせた。

「何ぞ狙いが有るのだな？　竹若丸」

御隠居様が問い掛けると殿が〝うむ〟と頷かれた。

「六角の狙いは五郎衛門の言う通りだと思う。まあ朽木を上手く取り込もうという狙いも有るのかもしれん。一千も兵を出すと聞けば驚くだろうな」

殿の言葉に皆が頷いた。

「高島六頭を喰って一年半だ。朽木は手伝い戦に一千の兵を出せるだけの力を付けた。領内は安定している。その辺りを教えた方が良いだろう」

「警戒されるやもしれませぬぞ」

「六角にか?」

新次郎殿の問いに殿が笑いながら答えた。だが新次郎殿は〝笑い事ではありませぬ〟と言いながら首を横に振った。

「確かに六角に比べれば当家は小さいかとは思います。しかし殿は鮮やかに高島六頭を攻め潰しました。警戒しておらぬと言えましょうか?」

「新次郎の言う通りよ」

「某も同意致します」

新次郎殿の言葉に御隠居様、五郎衛門殿が同意なされた。自分も同感だ。朽木家を小さいからと言って侮る事は出来ない。仕官する前からそう思っていた、そして殿に仕えてからは更にそう思う。朽木家は必ず大きくなる。

「確かにそうだな。だが侮られるよりは良い。特に六角にはな、違うか?」

皆が渋い表情をしている。だが反対はしなかった。そうなのだ、この戦国では侮られる事程危険な事は無い。

「鉄砲隊は三百連れて行く」

〝三百!〟と声が上がった。驚いた、朽木の鉄砲隊の殆どを連れて行くらしい。

「矢面に立たされかねませんぞ?」

五郎衛門殿が不安そうに言うと殿が笑い声を上げた。

「案ずるな、五郎衛門。おれは平服で行く。形だけの出兵だと六角も理解するだろう。鯖江の伯父御にも若年なれば無茶は出来ぬと伝えてある」

今度は五郎衛門殿が渋い表情をした。

「そうは申されましても戦場《いくさば》ですぞ」

「戦場だからだ。逃げる時は速かろう」

五郎衛門殿、新次郎殿は渋い表情を、御隠居様は困った表情、そして重蔵殿は可笑しそうな表情をしている。

「それよりも気になるのは浅井の動きだ。今回の一件、浅井新九郎一人の思い立ちとも思えぬ」

「裏が有るというのか？　竹若丸よ」

御隠居様の問いに殿が頷かれた。

「浅井新九郎が若さに任せて暴発したと見ているなら六角は気付いておらぬのかもしれぬ。だが俺は浅井を唆した者が居ると思う。そうでなければ家臣達が付いていくまい。それに肥田城の高野瀬備前守の寝返りも気に入らぬ」

皆が顔を見合わせた。

「畿内でそれをする者が居るとすれば朝倉か三好であろう」

御隠居様の言葉に皆が頷いた。

「俺も居るぞ。俺に浅井程の身代が有れば浅井を唆したな。六角も浅井も邪魔だ。潰し合えば良い」

殿の言葉に座がシンとした。五郎衛門殿、新次郎殿、御隠居様が顔を見合わせている。重蔵殿だけは動じた様子を見せない。黙って殿を見ている。

「重蔵、浅井、朝倉、三好の動きを追え」

「はっ」

「それとな、浅井下野守の動きも探れ。倅の新九郎に城を追われたと言うが本当かどうかもな」

まさか、と思った。狂言？　皆が目を剥いている。

「竹若丸よ」

御隠居様が声を掛けると殿が〝ふふふ〟と含み笑いを漏らされた。

「御爺、乱世だ。騙す方が悪いのではない、騙される方が悪いのよ。真、今回の一件が浅井新九郎と一部の跳ね上がり共の軽挙なら良い。そうでなければ……、畿内は荒れるぞ」

畿内は荒れる、殿が一千の兵を動かすのもそれが理由かもしれない。朽木には力が有る。厄介な事にも立ち向かえるだけの力が有る。それを周囲に示すためなのかも……。


永禄三年（一五六〇年）　八月中旬　近江愛知郡野良田　山内一豊

「崩れましたな」

五郎衛門殿の言う通り浅井勢がズルズルと後退する。いや踏み止まった。五郎衛門殿が〝ほう〟と声を上げた。感嘆している。確かに凄い、少数でありながら踏み止まる、簡単に出来る事では無い。浅井勢の士気は高いと思った。だが直ぐに六角勢が浅井勢の横腹を突く。どっと崩れた。勝負は付いた、この野良田での戦いは六角勢の勝利だ。殿が立ち上がった。

「皆を立たせよ。戦の準備だ、浅井の本隊が突っ込んで来る。使番を走らせよ。鉄砲隊に後れを取るなと言え！」

浅井が突っ込んで来る？　新太郎殿と顔を見合わせ慌てて立ち上がって使番の所に駆け出した。使番が何事かという表情で我らを迎えた。〝皆を立たせよ、浅井が突っ込んで来る。鉄砲隊に後れを取るなと言え〟と命じると首を傾げながら使番が走り出した。

「本当に来ると思われるか？　新太郎殿」

問い掛けると新太郎殿が首を傾げた。

「分からぬな、伊右衛門殿。だが殿は来ると見ておられる」

腑に落ちない。確かに浅井は劣勢だ。だが決して弱くは無い。その事は六角も理解した筈だ。無理に突っ込んでくる必要が有るのだろうか？　この後は一旦後退し交渉でこれまでよりも有利な立場を得るという事も可能な筈だ……。

殿の元に戻ると朽木勢がぞろぞろと立ち上がり始めた。浅井の本隊が動いている！　来るのか？　退くのか？　崩れた先鋒が踏み止まろうとしている。来るのだ！　殿の見立てが当たった！　浅井の本隊が川を渡って先鋒と協力して六角の先陣に向かった！　六角の第二陣が動いた！　第一陣だけでは防げないと見たのだ！

六角の先陣と第二陣が浅井の本隊の攻撃を受け止めている。押せるか？　駄目だ、浅井の勢いが強い、押された。何だ！　浅井の本隊の後ろから一千程の兵が川を迂回してこちらに向かってきた！

先陣と第二陣は動けない！　目の前の浅井勢を抑えるので精一杯だ。あの一千、浅井新九郎か！

「伊右衛門、使番を走らせろ。鉄砲隊は二町の距離で攻撃、弓隊は随時攻撃！　槍隊は敵の崩れを待って突撃！」

「はっ」

使番の元に急いで走った。今度は緊張している。使番に殿の命を伝えると直ぐに走り出した。

殿の元に戻ると朽木の弓隊が矢を射始めた。だが浅井勢は朽木の矢を物ともせずに六角の本陣を目指している、こちらは無視だ。改めて思った、浅井は強いのだ、そして六角との決戦を望んでいる。

「放て！」

声が聞こえた、そして声を打ち消す様な轟音が響いた。バラバラと兵が倒れた。浅井勢が混乱している、勢いが止まった。そこにまた轟音が響き兵が倒れた。

新太郎殿が〝凄い〟と吐くのが聞こえた。本当に凄い。初めて見た、これが鉄砲の威力か。百丁の鉄砲が二度撃っただけで浅井勢は完全に浮足立っている。そしてもう一撃！　浅井勢が崩れた！

朽木の槍隊が喊声を上げて走り始めた。浅井勢がその勢いに怯えた様に退き始めた。朽木の騎馬隊が走り始める！　槍隊を追い抜く様に浅井勢を追い始めた。

「殿」

「何だ」

「あれを」

五郎衛門殿が手を上げている。指し示す方向では六角の先陣、第二陣と戦っていた浅井勢が崩れている。今度こそ浅井の敗退だ。浅井新九郎、生きているだろうか？　あの一千の中に居たのであれば討死したかもしれない。

「殿はこれを狙っていたのですな。だから一千の兵と鉄砲隊三百を用意された。左様でございましょう」

五郎衛門殿が殿に問い掛けた。驚いて殿を見た。殿が笑い声を上げた。

「思ったよりも上手く行ったな」

なんと！　五郎衛門殿の言う通りか！　新太郎殿も驚いている。

「一千の兵と三百丁の鉄砲、見せるだけではな」

「……」

「今回の戦、朽木の働きで六角は勝利を得る事が出来た。六角もこれからは朽木に対して余り無茶は言うまいよ」

また殿が御笑いなされた。

「殿は狡い。武功を一人占めじゃ。これでは六角家の者共がぼやきますぞ」

「狡い主君は嫌いか、五郎衛門」

殿が笑いながら問い掛けると五郎衛門殿が首を横に振った。

「いえいえ、頼もしい限りで。大好きでございまする」

今度は二人で声を揃えて御笑いになった。朽木の戦を、殿の戦を初めて見た。本当に頼もしい限りだ。

永禄三年（一五六〇年）　八月下旬　　近江高島郡安井川村　　清水山城　　山内一豊

パチパチ、パチパチと音がする。主君竹若丸様が算盤を弾く音だ。今日も御倉方が提出した帳面を確認しながら算盤を弾いている。明日は出陣なのだが……。算盤を弾く音が消えた。殿が憂欝そうな御顔で俯かれている。

「やはり長い戦をするのは苦しいな。浅井が野良田の敗戦から回復する前にどれだけ領地を奪えるかが勝負を分けるだろう。今津、海津、塩津浜を早急に奪わねばならん。浅井に使われては浅井の戦力が回復する。そうなれば力負けしかねん。六角を頼らねばならなくなる。それは避けたい。押さえれば……」

ぼそぼそと呟くような声だ。独り言だろう。殿が大きく息を吐かれると顔を上げられた。

「新太郎、伊右衛門。明日は出陣だが準備は出来ているのか？」

「はっ、何時でも出陣出来まする」

「必ずや、武功を上げて見せまする」

私と新太郎殿が答えると殿が〝そうか〟と言って沈んだ表情をなされた。はて……。

「如何なされましたか？」

「いや、無理をしているのではないかと思ってな。朽木に仕えるのは辛くはないか？」

辛い？　どういう事だろう？　新太郎殿も訝しげな表情をしている。

「朽木は元は八千石の国人領主だ。五万石、いや今日六角から一万石貰ったから六万石か、朽木の者達は十分過ぎる程に現状に満足している。何と言っても領地は七倍以上に増えた、不満は無かろう。だがその方等にとっては物足りぬ身代ではないかと思ってな」

思わず新太郎殿と顔を見合わせた。殿がそのような事を御考えだったとは……。

「無理はせずとも良いぞ。辛ければ朽木家を退身しても良い」

「……」

「次の仕官先は織田家を頼むと良いだろう。その方等にとっては不本意であろうが周囲を見回しても他に大きくなりそうな家は無い。それに能力次第で十分に出世出来るという利点もある。織田家に比べれば朝倉も三好も六角も頼りにはならぬ」

殿はそのような事を御考えであったか……。

「殿、大きくなりそうな家は他にもございます」

私が答えると殿がじっと私を見た。負けられない、腹に力を込めた。

「朽木家にございます。そうであろう、新太郎殿」

「如何にも。殿、某も朽木家は大きくなると確信しております」

「……そうか、朽木家か……」

殿が口元に笑みを浮かべられた。

「大きくなるためには浅井を喰わねばならんが喰えるかな？　浅井が。朽木の三倍は有るぞ」

「喰えまする」

新太郎殿が答えると殿が朗らかな笑い声を上げた。

「そうか、喰えるか。だが苦しいぞ。浅井を喰っても六角、朝倉には及ばぬ。苦しい状態が続く事になるだろう」

「六角も朝倉も頼りにならぬと殿は仰せられましたぞ」

私が答えると殿がまた笑われた。

「やれやれ、しくじったか。俺は自分の言った事を証明せねばならんらしい。……苦しい戦いが続くぞ、覚悟しておけよ」

「はい！」

「先ずは今津、そして海津、塩津浜を獲る。湖北の物の流れを押さえるのだ。そして銭を得る。朽木を富ませつつ浅井を喰う」

「はい！」

殿が満足そうに頷かれた。そう朽木は大きくなる、そして豊かになる。これはそのための戦いなのだ。負けられない、朽木家は自分が選んだ主家なのだから……。

野良田異聞

野良田の戦い、
その前後の状況を六角側の視点で書きました。
何とか基綱を配下に取り込もうとしながら
跳ね返され徐々に基綱の力量を認めその器量に
惚れ込む左京大夫義賢を書いたつもりです。
格好良く書けていますか?

あふみのうみ
みなもがゆれるとき

淡海外伝
あふみがいでん

永禄三年（一五六〇年）　七月中旬　近江蒲生郡　観音寺城　進藤賢盛

「そうか、朽木は兵を出すと言ったか」

御屋形様が満足そうに頷くと鯰江備前守殿が〝はっ〟と言って畏まった。同席する後藤但馬守殿、平井加賀守殿、蒲生下野守殿、三雲対馬守殿、目賀田次郎左衛門尉殿も満足そうな表情だ。私にも満足感はある。漸く朽木を一つ手繰り寄せた。

「兵は千ほど出すそうにございます」

「ほう、千も出すか」

御屋形様が意外そうな声を出した。皆の表情にも意外そうな色が有る。手伝い戦に千も出すとは……。

「はっ、但し元服前なれば戦の場数を踏んでおらず無茶は出来ぬ、その事を御屋形様にお伝えして欲しいと竹若丸が申しておりました」

備前守殿の言葉に御屋形様が〝尤もな事である〟と頷かれた。なるほど、飾りとして使えという事か。なかなかに強かでは有る。

「それと竹若丸よりこれを預かっております」

備前守殿が脇に置いていた竹籠を御屋形様の方に差し出した。竹籠には干し椎茸が乗っている。

「いや、これは気を使わせるのう。備前守、竹若丸殿に儂が大変喜んでいたと伝えてくれ」

「はっ」

「良くやってくれた、御苦労であったな。下がって良いぞ」

「過分な御言葉、畏れ入りまする」

備前守殿が深々と頭を下げ、そして御屋形様の前を下がった。

「備前守殿、見事な御働きですな」

後藤但馬守殿の言葉に皆が笑い気を上げた。

「高島郡を朽木に取られたからのう。このままでは何かと肩身が狭かろう。そう言って備前守に朽木を説得せよと迫ったのは誰であったかな？」

御屋形様が但馬守殿に意味有り気な視線を向けると但馬守殿が苦笑を浮かべながら一礼した。

「それにしても千もの兵を出すとは大したものでございますな」

「高島六頭を潰して一年余り、領内に不安は無いという事でござろう」

「あそこは百姓を兵に使いませぬからな。それに税も安い」

平井加賀守殿、目賀田次郎左衛門尉殿、三雲対馬守殿の会話に御屋形様が〝なるほど〟と言って頷かれた。

「もっとも無理は出来ぬと釘を刺しておる、やる気は無かろう」

「まあ良いではござらぬか、下野守殿。此度は六角家に朽木を動かす力が有ると示す事が眼目」

但馬守殿の言葉に下野守殿が〝確かに〟と頷いた。

浅井新九郎賢政が六角家に反旗を翻した。そして肥田城の高野瀬備前守がそれに同調している。放置する事は出来ない。そして高島郡を奪った朽木もだ。

「出陣でございますか？」

問い掛けると〝うむ〟と御屋形様が頷かれた。

「肥田城を攻める。さすれば新九郎めは必ず後詰に駆け付けよう。そこを叩く。浅井が敗れれば肥田城の高野瀬は震え上がろう、降すのは難しくあるまい」

その通りだ、難しくはない。そして六角の武威を朽木に見せ付ける事で徐々に取り込んでいく。

「皆に触れを出せ。加賀よ、留守居を頼むぞ」

「はっ」

加賀守殿が畏まった。加賀守殿は浅井の離反で新九郎に嫁がせた娘を離縁されている。無茶をせぬようにという配慮であろう。


永禄三年（一五六〇年）七月中旬　　近江蒲生郡　　観音寺城　　平井丸　　平井定武

平井丸に戻ると妻と倅の弥太郎が〝お帰りなさいませ〟と出迎えてくれた。自室に戻り暫くすると弥太郎が茶を持って現れた。正面に座り私の前に茶碗を置く。一口飲んだ。麦湯か、口中から喉へ、喉から腹へと温い麦湯が沁み渡った。

「出陣が決まった」

「……」

弥太郎が眼で問い掛けている。

「朽木も次の戦には参加する」

「左様でございますか」

弥太郎が満足そうに頷いた。

「御屋形様もやりますな、では我らも戦の準備をしなければ……」

「いや、その必要は無い。御屋形様より留守居を命じられた」

「しかし」

「戦に出せば無理をしかねぬと思われたのだろう」

「……」

弥太郎が複雑そうな表情をしている。

浅井新九郎の母親である阿古御料人は新九郎を腹に入れたまま人質として六角家に来た。阿古御料人は平井家で預かる事になり新九郎は平井家で生まれた。それ以後も平井家の預かり人であった。そして当家の娘は御屋形様の養女となり新九郎に嫁いだ。平井家と浅井家の繋がりは強い。それだけに今回の浅井新九郎の離反で六角家内部には平井家を責める声が有る。その声は決して小さくはない。

「小夜は如何している」

「……部屋に籠っております」

「相変わらずか」

「はい」

弥太郎の顔が暗い。決して小夜の責任ではない。だが小夜は自分の責任だと思い込んでいるのだろう。一番弱い者が苦しんでいる……。

「父上、若殿が小夜を側室にと周囲に漏らしていると聞きます。父上は御存じでございますか」

弥太郎が身を乗り出す様に問い掛けてきた。

「聞いている。但し小夜を望んでの事ではない、小夜を憐れんでの事だ。もう嫁ぎ先は有るまいとな」

「なんと心無い事を！」

弥太郎の眼に憤りが有った。その通りだ、望んでと言うなら分かる。だが憐れむとは……。このような話が家中に広まれば益々小夜の将来は暗いものになろう。若殿にはそのような配慮は出来ぬらしい。何とも心許無い事よ……。

「如何なさいます？　このまま若殿に差し出しますのか？」

「……」

「父上！」

「小夜は御屋形様の養女になったのだ。我等の一存で事を運ぶ事は出来ぬ」

「……」

小夜がそれを望むのならそれも良い。だが憐れまれてまで側室になるとも思えぬ、最悪の場合は寺に入れるという事も考えざるを得まいな。憐れな……。

永禄三年（一五六〇年）　八月中旬　近江愛知郡野良田　進藤賢盛

陣の中、一人だけ平服を纏った者が居る。朽木竹若丸、小柄で平凡な顔立ちの若者だ。いや、元服前だ、童子というべきかもしれぬ。鎧を身に着けていないせいで目立っているが身に着けていれば誰も注目すまい。そう思わせる童子だった。皆の視線を浴びながら末席で静かに床几に腰掛けている。鈍いのか、胆が太いのか。

「竹若丸殿、鎧は身に着けぬのかな?」

「……」

「竹若丸殿」

竹若丸が池田伊予守殿を見た。視線に咎める色が有る。

「失礼ですが何方様でしょう。まだ御挨拶をしていなかったと思いますが」

伊予守の顔面が紅潮した。

「……御無礼致した。某は池田伊予守景雄にござる。以後は良しなに願いたい」

「御丁寧な挨拶、痛み入りまする。こちらこそ良しなに願いまする」

竹若丸が軽く頭を下げた。

「鎧の事をお訊ねでしたな。あれを着けると身動きが出来ませぬ。それ故身に着けておりませぬ」

「しかし、戦場《いくさば》でござるぞ」

伊予守殿の言葉に彼方此方で頷く姿が有った。

「某、元服前の若輩者なれば無茶は出来ぬと左京大夫様にお伝えしております。今回は後学のために後ろより皆様方の戦振りを見分させていただく所存、問題は有りますまい」

皆が御屋形様を見た。御屋形様が頷く。それを見て皆が不承不承ではあるが納得したような表情を見せた。

「随分と鉄砲が有るようだが……」

蒲生下野守殿が問うと竹若丸が顔を綻ばせた。

「三百丁を揃えました」

〝三百！〟という声が彼方此方から上がった。御屋形様も〝うむ〟と唸り声を漏らされた。朽木は銭が有るのだ。皆がその事を思っただろう。若殿が顔を顰めるのが見えた。

「そろそろ陣立てを決めると致そう。軍を三つに分ける。先陣、中陣、後陣じゃ。先陣には蒲生下野守、永原越前守、進藤山城守、池田伊予守を置く。後陣には儂と右衛門督、後藤但馬守、朽木竹若丸殿が詰める。それ以外の者は中陣に配置となる。良いな」

御屋形様の指図に皆が頷いた。先陣か、蒲生殿、永原殿、池田殿と一緒となればかなり手厚い。先陣にて疲れさせ機を見て中陣を以って止めを刺そうと御考えなのであろう。

「我等は一万二千、浅井勢は六千と言ったところか。倍の兵力なれば負ける事は無い。油断せずに戦え。竹若丸殿に恥ずかしい戦を見せるなよ」

「はっ！」

恥ずかしい戦を見せるなか……。ここで浅井を討ち六角の武威を竹若丸に見せつけようという事だ。皆がその意味を理解した筈。竹若丸を見た。表情に変化が無い。はて、何も感じておらぬようだが……。

永禄三年（一五六〇年）　八月中旬　　近江愛知郡野良田　　六角義賢

浅井の先鋒が圧され始めた。息が上がったようだな、どうやら勝ちが見えたか……。お、崩れたな。

「父上！　浅井勢が後退します」

「そうだな」

右衛門督が息を弾ませている。少し判断が遅い。まあいずれは分かる様になるだろう。こういうのは慣れも有る。

ほう、踏み止まるか。駄目だな、永原、進藤、池田の兵が横腹を突いた。浅井勢がどっと崩れる。傍で右衛門督が膝を叩いて喜ぶのが見えた。浅井の本陣が動いた。先陣を助けるつもりらしい。遅いな、本来なら崩れる前に動くべきだった。新九郎も場数を踏んでおらぬ。已むを得ぬ事か……。

浅井の本隊が先鋒と力を合わせて六角の先陣を打ち破ろうとしている。中陣が動いた。先陣と共に浅井勢に立ち向かっている。ぶつかった！　ほう、此処で圧すか、なかなかの勢いよな、右衛門督が不満そうな声を上げている。だが何処まで息が続くか。それにこちらの後陣には無傷の兵四千が有るのだ。朽木勢を除いても三千は使える。勝敗は見えた。

浅井が敗れれば高野瀬備前守も降伏しよう。先ずはこれで平井加賀守の面目も立とう。後は小夜の処遇を如何するかだ。儂の養女にした以上、それなりの家に嫁がせねばならぬ。それが出来て初めて儂の面目が立つ。右衛門督が側室にと言っているそうだが話にならぬわ。その辺りはしっかりと教えねばなるまい。残るは朽木だな、あれをどうやって取り込むか……。

朽木勢に視線を向けた。先程まで座っていた朽木勢が立ち上がっている。なるほど、戦も終盤、追撃に備えたという事か。機を見る眼は有るな。

「父上」

「如何した」

「浅井勢が」

浅井勢？　戦場に眼を戻した。なるほど、一千程の浅井勢が本隊の後ろから現れた。横腹を突くつもりか？　いや！　違う！　こちらに来るつもりだ！　先陣と中陣は動けない。新九郎か！　狙いは儂の首か！　やりおるわ！

「新九郎が此処へ来る！　迎え撃つ準備を致せ！」

使番が走り出した。

「後藤但馬守に浅井勢の横腹を突けと命じよ！」

また使番が走り出した。儂が食い止めて但馬守が横腹を突く。それで勝てる筈だ。

「父上、朽木は」

右衛門督の顔が強張っている。

「無用だ！」

手伝い戦の朽木が何処まで当てになるか、その程度の事も分からぬか！　此処は儂の手で切り抜

けなくてはならぬ。

浅井勢が勢いを付けて迫ってくる。朽木勢が矢を射始めた。だがそれをモノともせずに浅井勢が迫ってくる。士気が高い、逸っているのだ。それに比べてこちらは兵の動きが鈍い！　勝ち戦と見て油断したか！　兵の士気が上がらぬ！

ダダーンと音がして浅井勢の動きが止まった。音に驚いた馬が嘶《いなな》いて暴れている。鉄砲か！　朽木勢に視線を向けた、それと同時にまたダダーンと音がした。浅井勢が混乱している。三度めの鉄砲の音がすると浅井勢が潰走した。朽木勢が喚声上げながらそれを追い始めた。

「鉄砲か」

儂の言葉に右衛門督が面白くなさそうな表情を見せた。確かに面白くはない。武威を示すどころか朽木に助けられた形になる。これでは朽木は六角を畏れまい。むしろその無様さを嗤っていよう。これでは取り込むのは難しかろうな。しかし放置は出来ぬ。朽木の鉄砲隊の威力、確とこの眼で見た。三百丁の鉄砲の前に一千の浅井勢があっという間に潰走した。この事実は見逃せぬ。数を揃え効果的な使い方をすれば鉄砲は大きな戦力になるのだ。そして朽木にはそれが出来る。朽木を取り込めばそれが六角の物になる。さて、如何するか……。


永禄三年（一五六〇年）　九月上旬　　近江蒲生郡　　観音寺城　　平井定武

「何？　朽木が高島郡を制した？」

御屋形様が訝しげに問うと三雲対馬守殿が〝はっ〟と畏まった。

「浅井方の田屋城、長法寺館、沢村城、海津城を奪いましてございまする」

〝なんと〟、〝まさか〟という声が上がった。御屋形様が〝ハハハハハハ〟と笑い声を上げた。膝を叩いて笑っている。

「浅井は朽木の三倍、儂に戦の指図を仰ぎに来ると思ったが単独で攻めたか」

また御屋形様が声を上げて笑った。

「やりおるのう、やりおる。野良田の敗戦直後の今なら浅井は反撃出来ぬと見たか。いや、それにしても速いわ、迷いが無い。もう高島郡を制したか」

「父上！　笑い事では有りませぬ！」

若殿が顔面を紅潮させて叫んだ。

「朽木が戦の指図を仰ぎに来る。それによって徐々に朽木を六角の膝下に置くのが狙いで有った筈、これでは……」

若殿が唇を噛んだ。御屋形様がその様を面白げに見ている。

「右衛門督、竹若丸は死に物狂いぞ」

「……父上」

御屋形様が笑みを収めた。

「楽なのは儂に指図を仰ぎに来る事よ。そして六角家に服属する。多少領地も増えような。六角家の中でも重臣の一人として遇されよう。だがそれを蹴った、六角家には服さぬと言うておる。そして浅井に攻め込んだ。負ける事は出来ぬ戦よ。負ければこれまでの武名を失いかねぬ。それでも浅井に攻めかかった、死に物狂いよ」

若殿を除いた皆が頷いた。激しい男だ。自分を追い込む事が出来る男なのだろう。

「問題はこの後よな。浅井も態勢を整える筈、朽木は伊香郡、浅井郡に攻め込めるか、浅井の反撃を抑えられるか、見物では有る」

また若殿を除いて皆が頷いた。

「こちらも戦の準備をしよう。獲り入れが終われば戦じゃ。国人衆《みな》に触れを出せ」

それを機に御前を下がる事になったが私だけ呼び止められた。

〃加賀〃と私を呼ぶと手招きをした。

「小夜の事だが」

「はっ」

「朽木に嫁がせる事になるかもしれぬ」

「朽木にでございますか？」

驚いて問い返すと御屋形様が頷かれた。

「多分、朽木は伊香郡、浅井郡に攻め込む。浅井はそれを防げまい」

「……野良田の敗戦から立ち直れぬと御考えでございますか？」

御屋形様が頷かれた。

「兵も死んだが、将も名有る者が随分と討ち死にしている。穴を埋めるのは容易ではあるまい。それにこれから獲り入れだ。戦の為に百姓を駆り出すのは難しかろう」

「なるほど」

野良田では多数の死者が出ている。此処で百姓を駆り出せば獲り入れが儘ならぬか。

「それにな、朽木の兵は百姓ではない、銭で雇った兵だ。獲り入れなど関係無く攻め込めよう。如何見ても浅井は分が悪いな」

「左様でございますな」

御屋形様が私をじっと見た。

「滅ぶやもしれぬぞ」

「……」

意外なほど驚きは無かった。浅井は決して大きくはない。そして野良田で大敗し戦力を失った。そこを西から朽木、南から六角が攻めるのだ。滅ぶという事は十分に有り得る。

「まあ小谷城は堅城なれば簡単には落ちまい。だが浅井の勢力はズンと小さくなろう。朽木の領地は最低でも十万石は越えよう。そうなれば朽木が浅井の地位を占める事になるやもしれぬ」

「北の抑えでございますか」

御屋形様が頷かれた。北近江に六角家に従属する勢力を置いて越前朝倉への抑えとする。そして六角家は畿内、或いは伊勢へと勢力を伸ばす。それが六角家の方針だった。浅井が没落し朽木が勃興すれば当然だが北の抑えは朽木にという事になる。

「朽木を服属させる事が出来れば重畳だがそれが出来ぬ場合は儂の娘婿という形で手を結ばざるを

得まい。あれが朝倉に付けばとんでもない事になるからのう」

「……」

御屋形様が私に笑いかけた。

「未だ決定ではない。そういう事も有り得るという事だ」

「はい」

「当分口外は許さぬ。だが心積もりだけはしておいてくれ」

「はっ」

畏まると〝下がって良いぞ〟と言葉が有った。

朽木か、このまま六角家に留まるよりは良いかもしれぬ。御屋形様もそう御考えなのだろう。となるとこの話、確定と見て良い。後は朽木竹若丸の為人次第という事か。気性の激しい男の様だが……、頭の痛い事よ。

コミカライズ出張版　おまけまんが：「邂逅」より

織田上総介信長に絡んで家を滅ぼされた尾張出身のふたりが
越前
山内ルート
美濃
近江
今津
尾張
山口ルート
伊勢
山内《やまうち》伊右衛門《いえもん》一豊《かつとよ》(15)
山口《やまぐち》新太郎《しんたろう》教高《のりつぐ》(20)
士官先を求め巡り巡って高島郡の湊町今津で出会った
関がない…？
朽木
…伊右衛門殿
某《それがし》
朽木への仕官を願おうかと思っております
某も同じ想いにござる！

朽木竹若丸
どのような御方か
興味がござる
清水山城
ちょこん。
――
よし！
朽木竹若丸(12)
ふたりとも召し抱える！
俺の近習として励まれよ！
!!!!

そ〜! ましてまして!?
山内一豊とか超メジャー武将じゃん!!
ふたりとも俺が召し抱えちゃっていいの!?
テンション↑
二〇〇六年のN●K大河ドラマの主役よ!?
超テンション上がる〜〜〜!!
俺の所に居るのが一時的だったとしても
将来の秀吉政権下で繋ぎ役になってくれれば
いきなり近習とは…!!
なんと破格の待遇…!!
竹若丸 十二歳
この後 続々とメジャー級武将を召し抱えることになろうとは…
この時はまだ知る由もない

あとがき

お久しぶりです、イスラーフィールです。

この度、「淡海乃海　水面が揺れる時　外伝集～老雄～」を御手にとって頂いた事、本当に有難うございます。


ようやく外伝集を出せました。以前から気になっていたんです。時折ですがＷＥＢの活動報告、感想欄に特典をまとめたものを出す予定は有りませんかと質問をされる事が有りました。その度にそういう要望が出るのが嬉しく、そして申し訳なく、なんとか要望に応えたいと思っていたんです。ようやくそれが実現出来ました。少しほっとしています。

タイトルにも有る『老雄』は自分も好きなシリーズです。ストーリーテラーの自分はプロットは作りません。指の動くままに勝手気ままに書いているのですが本当はそれぞれの老雄達に書かされているんじゃないかと思ったりまだまだ書き足りないと怒っているんじゃないかと思ったりもします。不思議ですよね、一人一人の老雄達がとても愛おしい。そしてその他のＳＳの登場人物達も大好きです。死を覚悟して反逆しようとする者、希望と不安を抱えながら明日を生きようとする者、戦国時代という明日が分からない時代に生きているからこそそれぞれが自分の生に真摯に向き合って生きている。だから格好が良いのでしょうし魅かれるのだと思います。そして思うんです、まだまだ、もっと、熱い生き様を書いてみたいと。

今回もイラストを担当して下さったのは碧風羽様です。素敵なイラスト、本当に有難うございました。そしてTOブックスの皆様、色々と御配慮有難うございました。編集担当の新城様、今回もまた大変お世話になりました。皆様の御協力のおかげで無事に外伝集を世に送り出す事が出来ました。心から御礼を申し上げます。

最後にこの本を手に取って読んで下さった方に心から感謝を。次は異伝第二巻でまたお会い出来る事を楽しみにしています。

二〇二一年一月　イスラーフィール

出典

老雄～六角定頼～／老雄～朝倉宗滴～／老雄～毛利元就～／老雄～島津貴久～／

御家騒動：メロンブックス特典

老雄～朽木稙綱～／本編収録

邂逅／帰郷／近江へ／野良田異聞：TOブックスオンラインストア特典

焼き討ち：web版収録

伴侶：舞台 淡海乃海 水面が揺れる時 来場者特典

嫉妬／決意：書き下ろし特典

上洛を目指す義昭が
顕如の凶刃に散る!?
そして、堅綱の甲斐攻めの
ゆくえはいかに?
最新第十一巻
2021年夏発売予定!

凶
[著]イスラーフィール
[絵]碧風羽《みどりふう》
淡海乃海
水面が揺れる時
三英傑に
嫌われた不運な男、
朽木基綱の
逆襲

舞台 淡海乃海
声無き者の歌をこそ聴け
収録時間：140分予定
価格：5280円
発売時期：2021年8月下旬予定！
好評予約受付中!!
詳細はHPをチェック！
www.tobooks.jp/afumi-stage/

DVD
発売決定！
特典映像＆
原作 イスラーフィール
書き下ろし
SS付き
!!
舞台 淡海乃海
現世を生き抜くことが業なれば
好評発売中！
TOブックスオンラインストア にて

淡海乃海
水面が揺れる時
あふみのうみ
みなもがゆれるとき
［漫画］もとむらえり
［原作］イスラーフィール
［キャラクター原案］碧風羽《みどりふう》
揺らぐ畿内に立ち向かえ!!
揺らぐ六角家を前に、元綱は決断を迫られる！
乱世を駆け抜ける戦国サバイバル、コミカライズ第五巻！
最新⑤巻好評発売中！
http://seiga.nicovideo.jp/manga/official/tocomics/

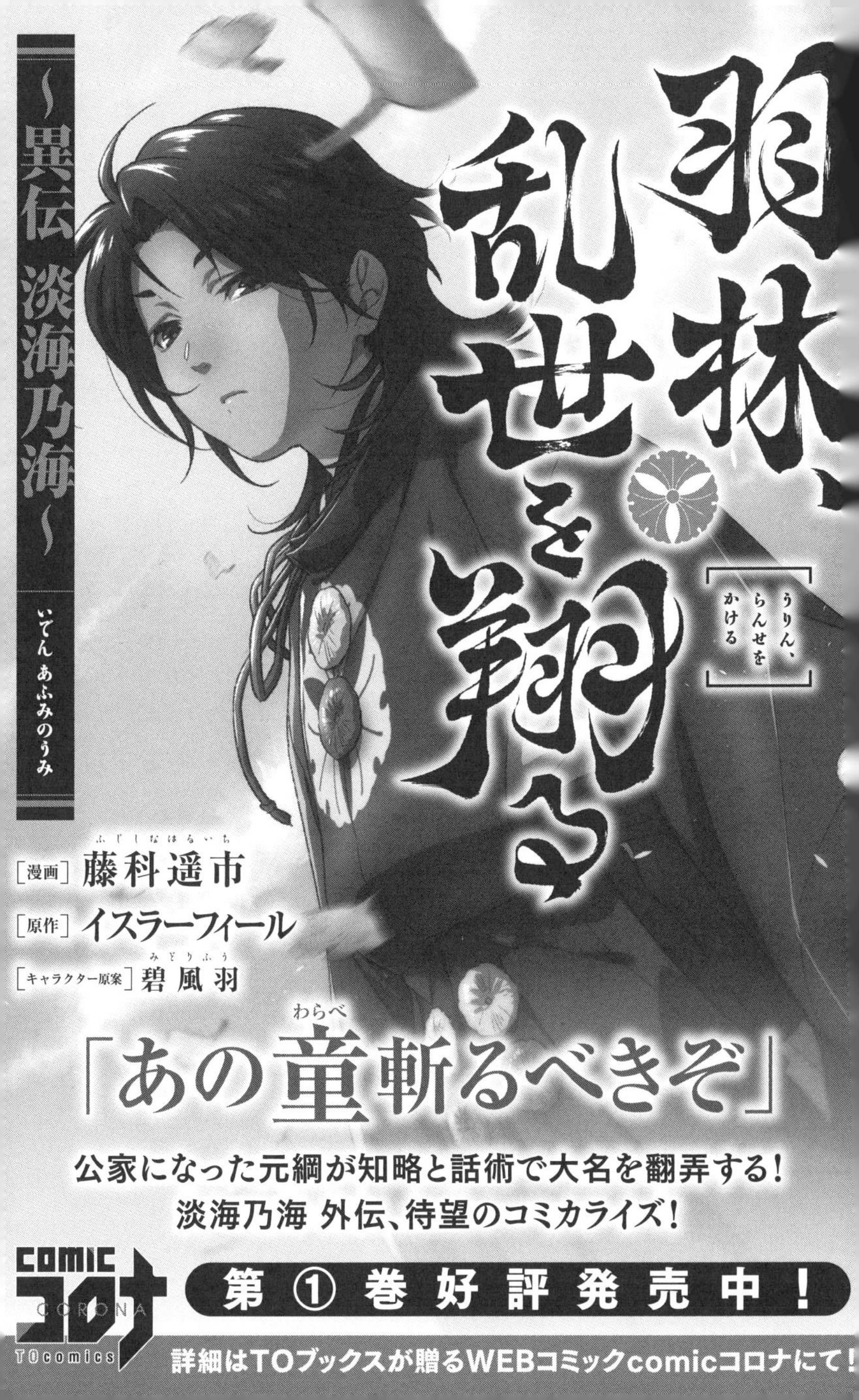

羽林、乱世を翔る
「うりん、らんせをかける」
～異伝 淡海乃海～
いでん あふみのうみ
[漫画] 藤科遥市《ふじしなはるいち》
[原作] イスラーフィール
[キャラクター原案] 碧風羽《みどりふう》
「あの童《わらべ》斬るべきぞ」
公家になった元綱が知略と話術で大名を翻弄する!
淡海乃海 外伝、待望のコミカライズ!
COMIC コロナ CORONA TOcomics
第①巻好評発売中!
詳細はTOブックスが贈るWEBコミックcomicコロナにて!

淡海乃海《あふみのうみ》　水面が揺れる時　外伝集～老雄～

2021年4月1日　第1刷発行

著　者　イスラーフィール

発行者　本田武市

発行所　TOブックス
〒150-0002
東京都渋谷区渋谷三丁目1番1号　PMO渋谷Ⅱ　11階
TEL 0120-933-772（営業フリーダイヤル）
FAX 050-3156-0508

印刷・製本　中央精版印刷株式会社

ISBN978-4-86699-178-8